やおよろず百貨店の祝福
神さまが求めた“灯り”の謎

本葉かのこ

富士見L文庫

第一話　福本福子、神様の外商員になる！

狩衣に、烏帽子という古めかしい出で立ちの男は、ようやく釣竿から目を離した。ちらりと、福本福子の手元を見やる。

「ああなるほど、江戸切子か。この前もってきた、陶器のぐい呑みより、ずぅぅぅと、ええなあ」

齢七十を超えるだろう翁に微笑まれ、福子はつめていた息を吐き出した。

今日こそ、お買い上げいただかなくては！

五月の穏やかな日差しが降りそそぐ池のほとりでは、翁と福子の他に、作務衣の男がたたずみ、福子を胡乱なまなざしで眺めている。

福子は今年、八百万百貨店に入社した二十三歳。

そんな新米が、参拝者立ち入り禁止の聖域に入ることが許せないのかもしれない。

きゅぅぅう、と痛む胃をおさえ、福子は笑顔で暗記した文句を唇に乗せる。

「こちらは、二百年前の江戸切子のお猪口になります。当時の名工、木下豊春が手がけた大変、稀少なお品で、マニア垂涎の一品となっております。銅を流し込み、青く染まったガラスに……」

「わては、夏場に冷酒が呑みとうて、器を頼んだなぁ」

「は、はい！　暑い夏を少しでも涼しい気分で過ごせるように、器も涼しい気分になれるものがいいと、仰られました!!」

濃紺の色硝子に、レースを巻きつけたような、繊細な白い筋が刻まれた江戸切子。

福子は翁の注文に応えるべく、百貨店の器全てを見て回った。江戸切子にしようと決めた後は、バイヤーさんに相談し、本店から最上級品を取り寄せたのだ。

これ以上のものを用意するのは、不可能だ。

これでご満足いただかなければ、とても困る。とてもとても困るのだ。

しかし翁は釣竿を持ったまま、江戸切子に手を伸ばすことはない。目尻に深い皺を刻んで、にっこりと笑った。

「いらんなぁ」

「――で、でも、これ以上の品はどこにも！」

「そうやなぁ。たしかに江戸切子は、涼しげな器や。品もいい。がんばったことは認めるよ？　ただなあ、わては恵比寿やで？　永きにわたり生き続けるわてには、江戸切子なんて当たり前のもの、退屈や」

「た、退屈……」

愕然（がくぜん）とその場に崩れ落ちる福子のもとに、作務衣の男がやってくる。

「御前様は、そう仰っております。そちらをお持ちになってお帰りいただけますでしょうか？」

福子が答えるより先に、彼は江戸切子を桐箱（きりばこ）に片づけ始めている。

「あ、あ、あのっ。恵比寿様！　ぐ、具体的に、どのような器をご所望なのでしょうか？」

「言うたやろう？　夏を涼しく過ごせる器や！」

絶句する福子の目に、傲慢（ごうまん）で、魅力にあふれた神の笑みが広がる。

「なあおい、福本福子っ。福を呼び込む名をもつ人の子よ！　次はわてがビックリするような器、期待しとるで!!」

翁は福子から目をそらし、釣りに戻る。作務衣の男が一つ咳払（せきばら）いをし、福子に圧力をかけてくる。

「…………っ！」

福子は寝不足の目を一度きつく瞑（つぶ）り、深々と二人に一礼した。

「八百万百貨店は、お客様に必ずご満足いただけるお品をお持ちします！　今後とも、どうぞ、よろしくお願いいたしますっ……！」

福子の震える声に、翁は応えず、作務衣の男は早く帰れという視線を送るのみ。

――どうして、こんなことになったのだろう。

福子はよろけながら特別区域から脱出し、参拝者の波を掻(か)き分けて境内を後にする。神社に向かって、深々と一礼。足早に、下町の狭い道をくねくねと歩み、誰もいないのを確認し、吠(ほ)えた。

「あああぁぁぁぁ、もうっ！　か、神さまは、な、なにをご所望なのぉぉぉ。転職したいっ！！！」

◇◆◇

一つ、百貨店は素敵な商品を必ず提供できる場所でなければならない。

一つ、百貨店は地域の人々を幸せにするためにある。

一つ、百貨店は人々を守る御神のために、誠心誠意、尽くすことを喜びとする。

八百万百貨店創業者、稲森十三(いなもりじゅうぞう)の語りより。

一か月前。

午前中に入社式を終え、新入社員一日目を過した福子は、ほぉぉとため息を吐き出した。

「夢が叶っちゃった。すごかった……」

ふわふわとした気持ちで、日に焼けた畳の上へと寝転がる。

見慣れた天井。桜の匂いがする春風に、カレンダーが揺れている。

「お礼をしてこよう！」

リクルートスーツから、ジーパンと白いブラウスに着替える。

階段をぎしぎし唸らせておりていると、この時間は仕込みをしているはずの父親に声をかけられた。

「お、出かけるのか？」

「うんっ。福禄寿様のところに行ってくる！」

「そうか。それなら、湧き水をいただいてきてくれ」

「えー、重たい……わかった～」

父の一睨みで、福子は唇を尖らせて了承する。自転車の籠に、空の容器を放り込み、商店街をゆっくり歩く。

煎餅屋のお春おばあちゃん、最近お店を手伝っているコロッケ屋のおにいちゃん、漬物屋さんに、お肉屋さん。

子供の頃からずっと知っている町の人たちに会釈しながら、ぼんやりと明日に思いを馳せる。

ああ、明日も緊張しそう！　どうしよう、本当にどうしよう〜!!

福子は今年二十三になる普通の女である。

雨漏りのする古い家に生まれ、父、母、祖父、祖母、それに弟に囲まれて、特に贅沢ができるわけではないが、普通に暮らしている。

地元の小学校、中学校、高校になんの疑問も感じず通い、家の手伝いがあったから部活はあまり活動のない郷土史研究部を選んだ。

福子が生まれた千年町は、きらびやかな都心の端っこ。自然保護指定されている森をバックに、扇のような形で広がっている。

千年とまではいかぬとも昔から変わらぬ町並みで、福子の家は二百年続く豆腐屋『まめふく』を商っていた。近所の神社から湧き水をくみ、その水で作った豆腐は絶品だと、遠方からも人がやってくる。

『福本さんところのお豆腐を食べたら、他のを食べられなくなっちゃったわ〜』

毎週土曜日の決まった時間にやってくるおばあちゃんに頭を撫でられ、福子は育った。

だから、おばあちゃんの為にも、自分は豆腐屋を継ぐのだと思っていたが、それは弟の役目だと気づいたのは小学四年生の頃。

男が家を継ぐ。

その事実に福子は愕然とし、三日間泣いた。家族にはわからぬよう、こっそり誰もいないところで泣いていたのだが、祖母にはお見通しだったらしい。

『福ちゃん、みんなには内緒よ？　おばあちゃんが楽しいところに連れていってあげるわ』

戸惑う福子の手を握り、祖母は電車の切符を買った。

福子は地元の小学校に通い、商店街の子供と遊んでいたから、電車に乗ることは非常に稀だった。その上、祖母が連れていってくれた場所は、これまで存在を知っていたけれど、一度も行ったことのない『お城』。

真っ白な大理石の階段に、金色の手すりがついた回転扉。

扉を開けば、広がる光の洪水。

ピカピカの鏡、素敵なお洋服を着たマネキン、品よくお辞儀をする大人の人々。

『いらっしゃいませ～』

同じ挨拶でも、商店街の人たちとは響きが違う、言の葉。

近づいてきた女性の店員さんは、あまやかな、いい匂いがして、福子はあんぐりと口を開いた。

八百万百貨店。

それは幼い福子にとって、夢の世界だった。その夢の中の住人に、福子は今日なったのである。

「お礼をちゃんとしないと」

境内の前に自転車をとめる。

商店街の先、緩やかな坂の上にある七星神社は、福禄寿神をお祀りしている。福禄寿神とは、誰もが知っている七福神の神様の一柱だ。

福子の家は昔からこの神社の湧き水を使って、豆腐を作っている。

豆腐は水が命である。

福本家には昔からとても親しみのある神社なのだが、参拝者は少ないようだった。人よりも、真っ黒な野良猫と遭遇することのほうが多い。福子はなんとなくそのことを寂しく思いながら、手水舎で手を清める。

ボロボロの本殿の前でお賽銭箱に五円玉を入れ、鈴を鳴らす。

二礼二拍手一礼。

いつも通り、二度頭を下げ、二度手を叩いて目を閉じる。

「今日は、ずっと憧れていた八百万百貨店の入社日でした。今日という日を無事に過ごさせてくださり、ありがとうございます。明日もがんばります」

心からの感謝を口にし、最後に深々と一礼をする。

「お参りはおしまい！　あとは湧き水をいただいて、明日の準備をしなければっ。——あれ？」

福子は眉をひそめる。無人であったはずの境内に、小さな女の子の姿を見つけたためであった。

十歳くらいだろうか。色白で、つぶらな瞳が愛らしい。古めかしいことに、朱色の着物を着ている。

いや、それはいいんだけど。あの子、なんてところにいるのっ！

少女はこともあろうに、狛犬の台座に腰を掛けて、ゆらゆら足を揺らしていたのである。

「あなた、なにをやってるの？　そんなところにいちゃ駄目じゃない!?　早く降りなさいっ！」

「……おや、福子。お主、我が視えるのか？」

己の名前を呼ばれ、福子は目を見開く。

この子、なんで私の名前を知ってるの？

少女は楽しそうに瞳を輝かせて、台座から飛び降りる。おかっぱボブの頭を、二、三度、振ると、福子を面白そうに覗き込んだ。

「ほお。そうかそうか。八百万に入社したとは聞いておったが、そうであったか」

「あ、あなた、なんで私のことを知っているの？」

「あはは！　我は知っておるからじゃ!!」

福子のことなら何でも知っておるぞ！　と自信満々に言った少女は、にんまりと笑う。

「たとえば、福子が長いヒラヒラスカートで自転車にのったら、裾がタイヤに巻き込まれて、パンツ丸見えになって泣いたことも、我は知っておるのじゃ！！！」

「——な、なんでそんなこと知ってるのよ!?」

福子は真っ赤になって、悲鳴をあげた。

去年の夏、大学から急いで帰る最中に起きた出来事。柔らかな生地のスカートが車輪に巻き込まれ、その場でスカートを脱ぐしかなかった惨事。

夜間だったし、周囲に誰もいなかったから見られてなかったと思っていたのに！

「言うたであろ？　我は福子のことなら、なんでも知っておるのじゃ〜」

福子は気味悪そうに口を歪めた。

「なんで知ってるのよ？　私はあなたを知らないわ」

「いや、そんなことはない。福子も我を知っておるよ？」

「知らないってば！」

「いーや、わからんだけじゃ」

「わかった！　あなた、神主さんのお子さんか、なにかなんでしょう？　見かけない子だけど、私の名前や、八百万百貨店に入社したことを、お父さんに聞いた？」

そう問うた途端、少女はぷっと吹き出して、口を開けて笑い出した。

ころころと。ころころと。

その笑い声は鈴を転がすように、柔らかで、朗らかで。

見知らぬ子に笑われているというのに、福子はなぜか、嬉しいような温かな気持ちになった。

——この子、本当になんなのだろう。

福子がすっかり困ってしまっていると、少女は着物の袖をひるがえし、福子に背中を向ける。

「またな、福子。これからは、前よりもよろしくすることもあるだろうてっ」

そう言い残し、少女は走ってどこかに行ってしまう。残された福子は、首を傾げた。

「なんなの、あの子？」

八百万百貨店入社二日目。

福子は誰よりも早く出社すべく、始業時間の一時間以上前に八百万百貨店の通用門をくぐった。通用門は、半地下にある『お客様専用自転車置き場』の目立たぬところにある。

「おはようございます！」

「元気だね～、おはようさんっ」

白髪が目立つ守衛さんに頭を下げて、福子は与えられたデスクに向かう。

今日もリクルートスーツだ。

新入社員は二週間の研修を受けた後、適性を見て、配属先が決められる。福子は密かに、一階の婦人靴売り場を希望していた。

お客様が八百万百貨店に入って、はじめに通るのが婦人靴売り場なのである。ピシッとした紺色の制服に身を包み、真っ先に、いらっしゃいませとお声をかける花形部署。福子が子供の頃に見た、憧れの光景。

まあ、食料品売り場でも、おもちゃ売り場でも、ここで働けるなら、どこでも嬉しいんだけどね。

まだ誰もいない部屋で福子が一人笑み崩れていると、騒々しい靴音が聞こえた。乱暴に扉が開かれる。

入ってきたのは、四十代の男だった。

髪は綺麗に整えられ、品の良いダブルボタンの紺色のスーツを着ている。デパートマンらしく清潔感のある身なりだが、ひどく汗をかいていて、目つきもどこかおかしかった。

「君が、福本福子くんっ？」

「は、はい！」

「すぐに来てください!!」

「え……」

男はブランドもののハンカチで額の汗を拭(ぬぐ)いながら、福子に詰め寄ってくる。

「あのっ。私、なにかしましたか？　い、一体、なんなんですか!?」

「そういうんじゃないんだっ。君はなにもしていない。しかし、た、大変なことになってしまって……」

そう口走った男は、ハッとした顔になり、自分を落ち着かせるように深呼吸をした。

「す、すまない。僕は外商部の、松本智一(まつもとともかず)です。責任者には連絡を入れておくから、ついてきてもらえますか？」

「はあ……」

「大事な、とても大事なお話があります」

重々しく言われ、福子の顔に緊張が走る。

な、なに!?　き、昨日の入社式で、私、なにか粗相をした？　なに、なに、なんなのよおぉぉ!!

心の中で絶叫しながらも、福子はわかりましたと小声で返す。松本は足早に歩き出す。福子は慌ててついていく。

「あ、あのっ。どこに向かっているんですか？」

「外商部です」

「が、外商部？　あの、それは、どんな部署なんですか？　すみません、就職活動のときに企業研究はしたんですが聞いたことがなく……」

「外商部とは、お得意先のお客様のご自宅に訪問し、商品を売る部署になります」

「――そんな部署があるんですかっ。はじめて知りましたっ!?」

「福本くんが知らないのも無理はありません。外商部とはデパートの日の当たらぬ陰。しかし、デパートの売り上げを支えているのは、外商部といっても過言ではありません」

松本は歩みを止めず、語り始める。

「お客様のお仕事にあわせて、お子さまの成長やライフワークの変化にあわせて、お客様が『今』必要な商品をお持ちするのが外商の仕事です。たとえば、お忙しいお客様が、結婚記念日をお忘れでいたら、それとなくお伝えし、奥様が好む商品をご用意するのが外商です」

「……そんなことができるんですか？」

「それができるのが、外商員です。我が外商部はデパートの中でも営業成績が良い、つまり、質の高い接客技術、豊富な商品知識をそなえた、お客様のどんなご要望にも応えられる人材だけが集められた部署なのですが……」

松本は困惑した顔で、福子を見やる。なぜこんな子が という、小さな呟きを拾い上げ、福子は不安な気持ちになる。

——私は、どうして、外商部に連れて行かれるのだろう？

所属先はまだ決まっていない。しかし、そんな一流の販売員の一人としてスカウトを受けたなんて、とても思えなかった。

悲しいけれど、私は入社したばかりのぺーぺーだ。外商部でお茶くみでもするよう、命じられるのだろうか？

それは嫌だ、と思った。

福子はお客様に商品を売って、ご満足していただきたかった。喜ぶ顔が見たかった。そのために、デパートに入ったのだ。

未熟なのは十分、承知している。それでもお茶くみ要員なんて嫌だっ！

暗い想像に泣き出しそうになっていると、松本は業務用エレベーターに乗り込む。福子も、とぼとぼ続いた。

ふと、福子は松本の指先に目が吸い寄せられる。

男の人なのに、綺麗。

手入れされた爪だった。外商員としての身だしなみなのかもしれない、と福子は己の荒れた両手を恥じて、擦り合わせる。

その綺麗な五指が優雅に動き、エレベーターのコントロールパネルを開く。それは、暗証番号を押さないと開かないパネルのようであった。

松本は、最上階、十五階のボタンを押す。

落ちる沈黙。

エレベーターのゴウンゴウン……という音が響いていた。

妙に軽やかなベル音とともに開かれた先は、大理石が美しいフロアだった。

お客様が目にするデパートの表側は明るくきらびやかだが、お客様の目が届かない裏側は事務的で、雑然としている。しかし、こちらのフロアは表側のようだった。

松本はフロアの一番奥、『特別室』のプレートがかけられた一室の前で足を止める。

「福本くん、一つ、約束をしてください」

「……は、はい」

松本は厳しい顔で、福子を振り返る。

「ここで見聞きしたことは、決して、人に漏らさぬこと。いいですね？」

「っ……わ、わかりました！」

なぜと聞ける雰囲気ではなかった。あまりに真剣な目つきに、福子はこくこくと頷く。

松本は一つため息をついて、扉をノックする。

「失礼いたします」

「……失礼、いたします」

そこは上品な応接室だった。

マホガニーの机に、ペルシャ絨毯（じゅうたん）。素人の福子の目から見ても、高級だとわかる家具が品よく置かれている。

朝の光がたっぷりそそぐ窓のそばに、部屋の主は立っていた。

チャコールグレーのスリーピースのスーツ、磨かれた焦げ茶の革靴。胸ポケットから覗（のぞ）く、青いハンカチーフが洒落（しゃれ）ている。

ステッキをもった老紳士は、ゆったりと微笑（ほほえ）んで、福子たちを出迎えた。

「やあやあ、こんな朝早くに呼び出してしまってすまないね」

朗らかに謝るその人を、福子は恐怖に近い感情で見つめる。すがるような目で、松本を見上げた。

「代表、彼女が福本福子くんです」

「ああ、あなたが、福本さん？　想像していたより、だいぶ、だいぶ……可愛（かわい）らしい人ですね」

いささか困惑げに首を傾げるその人を、福子は入社式で見ていた。ネット放送という形で、テレビ越しに。新入社員に向けた挨拶を拝聴させていただいた。

全国に二十五店舗ある八百万百貨店のトップ。

代表取締役社長、稲森千石氏である。

その人がどうして、ここにいらっしゃって、なぜ、私を呼ばれるのか？

激しく動揺する福子を置いて、稲森は白いものが交じった眉毛をいじりながら、松本を見やる。

「彼女に、説明しましたか？」

「……外商部とはなにかまでは話しましたが、それ以上のことは、とてもとても僕の口からは」

松本はぶるぶると首を振る。なにかを恐れているような様子に、福子は不安で胸が押しつぶされそうになる。

……私は、しゃ、社長に呼び出されるような、そんななにか、大変なことをしでかしたのだろうか。まさかっ！　く、クビとか⁉　せ、せっかく、憧れの職業につけたのにぃぃ。

パニック状態となった福子の耳から、二人の話し声が遠のいていく。そのことがさらに彼女を慌てさせ、青ざめさせた。

「あ、あのっ！」

福子は涙目になりながら、声をあげた。

「わ、私は、クビなんでしょうかぁ!?」

「「え……」」

きょとんと、呆気にとられた顔が二つ返ってくる。

「いや」

先に我に返ったのは、松本だった。

「クビって、君、不作法に話に割って入ってきたと思ったら、なにを血迷ったことを」

「いやいや、こんな呼び出しをかけた我々にも落ち度はある。彼女が怯えてしまっても無理はない。まあ、それだけ、僕らからしても、非常なことではあったのだけれど」

稲森は二人にソファーをすすめた。

「失礼いたします……」

革張りのソファーは座り心地は抜群でも、隣に松本、前に社長が座っているため、福子は居心地の悪さを感じずにはいられなかった。そんな福子の心情など素知らぬ様子で、稲森はうーんと唸っている。

「さて、新入社員のあなたに何からお話ししたら良いものか。——そうですね、一つ、昔話をいたしましょう。八百万百貨店、創業の経緯についてです」

「はあ……」

「八百万百貨店創業は、百五十年前に遡ります」

明治時代、文明開化が花咲く中で、呉服店を商っていた稲森十三は、さらに取り扱う品物を増やし、百貨店を開業した。

現在はインターネットや小売店で、当然のように品質の高い商品が購入できる。しかし当時は、粗悪な品物が多く出回っていたため、高い品質の商品が並び、なおかつ様々なものが購入できる店は、百貨店より他になかった。

品質の高い商品、商品知識豊富な従業員、流行の生まれる場所。

それが百貨店だった。

多少、値段は高くても、連日、百貨店には多くの者が押しかけた。

稲森は誇らしげに、言葉を嚙みしめるようにして語る。

「訪れたお客様を、必ず、笑顔にする。それが、十三の口癖だったそうです」

「素晴らしいです……」

こんな状況だが、福子は感じ入って感嘆の吐息をついた。十三の言葉を我が胸に刻もうと、目を閉じる。

純粋なその様子に、稲森は目を細める。意味深長に、なるほどと呟いた。

「……？　あの？」

「なんでもありません。さて、話は本題に入ります」

「はい」

「店はたいそう繁盛し、毎日のようにお客様がやってきました。そんなある日、十三は、夢の中で神のお告げを聞いたそうです」

　稲森は福子をひたりと見つめる。

「我々、神々もまた、人の子と同じように、日々を楽しくする商品を求めている。心が温かくなるような商品を欲している。しかし、神である我々は、人の子の願いを聞き届けなければならないため、社から出ていくわけにはいかない。だから――」

　だから、我々のところまで、心を楽しくする商品を売りに来てはくれまいか？　と。

「十三はその求めに応じました。神々が楽しく元気であることで、人々の祈りを聞き届けられる。神あってこその、人の平和な世であり、八百万百貨店は神々をもてなす百貨店を目指そうと」

　稲森はにこりと微笑む。

「福本さん、この話をどう思いますか？」

「……その、不思議なお話だなぁと。十三氏は、信心深い方だったんだなぁと思います」

「これは全て真実です」

「は？」

「我が八百万百貨店は、以来百五十年にわたり、神々のもとへご入用のものをうかがいに行き、商品をお売りするようになりました」

「あの、仰っている意味が」

「神様をお相手にした外商ですよ？　先ほど、松本くんから外商という商法を聞いたでしょう？　いえ、元々は、神様のために行っていた商法を、裕福なお客様にもするようになったというのが正しいのですが」

「…………」

「福本さん、これが我が八百万百貨店最大の秘密となります」

言葉を失った福子を、松本は気の毒そうな目で見つめている。

「福本くん、こんなことを言われても、にわかには信じられないかもしれません。しかし代表の仰ることは、全て真実です」

「ええ、戸惑ってしまうのは致し方ないでしょう。福本さんには、少しずつ状況に慣れていってもらって、ぜひ、仕事に励んでもらいたい」

ひたすら絶句していた福子であったが、仕事の一言に目をしばたかせる。

「……あの、仕事って何なのでしょう？　その、どうして私に、そんなお話を……なさるの、ですか？」

稲森と松本が顔を見合わせる。稲森はうほんと、一つ咳払いをした。

「昨日、神様の一柱からご推薦が入りました。福本福子さんを、神様の外商員にしてくれませんか、と」

「…………は？」

「新入社員の女性が、神様からご推薦をいただくなんて、八百万百貨店はじまって以来の出来事です。たいへん名誉なことです。神様のお求めに応えられるよう、誠心誠意、尽くしてください」

呆気にとられる福子の肩を、松本が少し自棄になった様子で粗雑に叩く。

「君が、今日から配属される部署は、『七福神ご奉仕部』になります。名前の通り、七福神様をメインターゲットとした外商部となります。これから君には、メインで担当をする神様に、ご用聞きにいってもらいます。それが君の、このデパートに入ってはじめての、仕事です！」

――どうしよう。

外商部専用車の助手席で、福子はもう何度目になるか分からぬ、ため息を吐き出した。

ハンドルを握りながら、松本は険しい顔をしている。

「シャンとなさい。このお役目につけることは、デパートマンとして非常に、誉れ高いことなのですよ？」

「……はい」

そうは言っても、神様と言われても困るのだ。

福子にとっての神様は、こちらの暮らしを見守ってくれる自然の一部のような、悩める人々が作った概念的なもの。神様が品物を欲すると言われても、意味が分からない。それなら、お稲荷様が油揚げを買いに実家の豆腐屋にきたというほうが、まだ現実味がある。

なんで、私なの？

自分には霊感もなければ、取り立てて優れたところもない。

けれど、頑張ることはできるから、どうにか憧れの職業につけた。福子の望みはきらきらとしたデパートのフロアで、素敵な品物をおすすめし、素敵にラッピングして、お客様を笑顔にすることだったはず。

知らず知らず、ため息がこぼれ落ちる。

この車だって、私が乗るような車じゃないのに……

振動の少ない、乗り心地の良い車。自宅のワンボックスカーとは雲泥の差だ。

外商部専用の車は、車の知識に乏しい福子の目から見ても高そうだった。おそらく、一千万クラスだろう。

しかし松本から、明日からは自分でこの車を運転し神様のもとへ行きなさい、と言われている。福子は先月、運転免許をとったばかりなのだが、他の車ではダメらしい。

「あの、どうして、私が選ばれたんでしょう？」

「神々のお考えなど、僕には知りようがありません」

すがるような気持ちで投げた問いは、すげなく切って捨てられる。しかし、しばらくして、ただ、と松本は再び口を開いた。

「神様のお相手をする外商員は、人間を相手とする外商で、年間売り上げが一定レベルに到達していること、容姿端麗であること、なによりお客様に愛されていることが条件とされています。その厳しい条件に達してはじめて、我々は、大神様に神様の外商員として、出入りをしてよろしいかどうか、お伺いを立てるのです」

「でも、私は」

「代表も仰っていましたが、昨日突然、神様のほうから要望があったそうです。福本福子を、外商員にしてみてはくれないか、と」

「…………」

「こんなことは前代未聞です」

松本は頭が痛そうに眉間（みけん）を揉（も）んでいる。

神様の気まぐれは福子にとっても災難だが、松本にも大きな心痛を与えているのかもしれない、と彼女は気づいた。

――なにも分からないけど、頑張らないといけないのかも。ううん、もうこうなったら、前向きに頑張らないと！

「私が担当する神様とはどのような方なのでしょう？」

意気込んで聞いてくる福子をちらりと見てから、松本はハンドルを切る。

「福本くんが担当する神様は、この街の七福神様になります。七福神様とは、大黒天様、毘沙門天様、恵比寿天様、寿老人様、福禄寿様、弁財天様、布袋尊様の七柱です。福本くんはお若い方ですが、神様について何かご存じですか？」

「大したことは存じ上げません。実家が豆腐屋をしているので、福禄寿様をお祀りになっている神社には、よく行きますが……」

「おや、奇遇ですね。これからお会いする神様は、福禄寿様ですよ」

「そうなんですか⁉」

「まあ、七福神様はとてもメジャーな神様なので、多くの神社仏閣で祀られています。福本くんが通っている神社とは、別の神社かと思いますが」

全国に神社は何万とある。一柱が一つの神社だけに、祀られているわけではない。あちこちの神社に、同じ神様が祀られている。

特に、七福神はとてもメジャーな神なので、福禄寿と一口に言っても、実家のそばの神社がこれから向かう場所とは限らないと、松本は言う。

「とても小さなお社なので、福本くんは、知らないかと思います。しかし、とても由緒正しく、重要な神社でして。――七星神社と言うのですが」

福子は、ぱっと表情を明るくした。

「そ、そこです！　私が通ってる神社は。子供の頃からずっと、ずっと通ってて。え、え、えええ！　私、七星神社の福禄寿様にこれから会うんですか⁉　ど、ど、どうしよう〜」

パタパタと自分の服装を見直す。

私は、どんな顔で、どんなことを話せばいいのだろう。子供の頃から、親に言えない悩みを聞いてもらっていた神様だ。ある意味、自分の全てを知っている神様とも言える。

一番、親しみのある神様の登場に、福子は激しく動揺していた。そんな彼女にとっては衝撃の事実を、松本は冷静に評する。

「ふむ、そのような偶然もあるのですね。都合がいいと考えるべきか。常日頃、通っている神社の神様でしたら、比較的、コミュニケーションも取りやすいでしょう。幸運ですね」

「あっ、そうですね！」

少しだけ気持ちは軽くなっていた。

神様の外商員と言われても意味が分からないが、七星神社の福禄寿様がお客様と考えると、わくわくしてくる。

「福禄寿様は、どのような方なのでしょう？」

楽しそうな福子に、松本は一瞬だけ目をすがめた。その表情は険しく、なにかを案じる色があったが、有頂天となった福子は気づかない。

「……神々のことは、ただの人である僕からは、説明いたしかねます。ご自身の目で見たものが全てだと、思ってください」

淡々とした返しに、福子は、はい！　と元気に答える。

それが受難の始まりだった。

七福神の中の一柱、福禄寿神は中国の招徳人望の神様である。

真っ白な長い髭（ひげ）をたくわえた、お爺（じい）さんの姿をしていて、鶴と亀をお供にしている。それが、一般的に知られている福禄寿神の姿だ。

福子は今まで、近所の神社の神様の姿を想像したことはない。しかしなんとなく、穏やかな物言いで、優しい眼差（まなざ）しをした仙人のような神様を想像してみる。

「さて、参りましょう」

松本はパーキングに車を停めると、きびきびとした足取りで七星神社に向かった。

森に抱かれるように、古ぼけた神社はたたずんでいる。

松本は神社に入る前に、ネクタイを直し、鏡で身だしなみをチェックする。福子も慌てて上司に倣う。

親しみのある神社だが、これから神様と話すのである。失礼があってはいけないのだ。

松本は鳥居の前で、深々と一礼した。

「八百万百貨店の松本です。失礼いたします」

敬意のこもった声だった。福子は我知らず、背筋が伸びる。

先頭を歩く男は鳥居をくぐると、極端に参道の右を歩く。

「福本くん。参道の中央は正中といい、神様がお通りになる道です。我々は、なるべく右端か左端を歩くことになっています」

「……そうなんですか。はじめて知りました」

「これは世間でも知られている、参拝のルールです」

当然のように言われ、福子は今までなにも考えずに歩いていたことを恥じる。

「参拝のルール、覚えます……」

「そのように。くれぐれも失礼がないようにしてください」

厳しい響きに、福子は首をすくめた。

そこへ、ころころと笑い声が響き渡る。

「なあに。そこまで堅苦しゅうせんでも、我は怒ったりせんよ？」

参道の先。おかっぱボブの少女がご本殿の賽銭箱に腰を掛けて、ぶらぶら足を揺らしている。

福子が昨日会った、得体の知れぬ少女だった。今日もまた、なんてところに座っているのだろう。

「ちょ、ちょっと、あなた!」

やめさせようと歩みだした福子だったが、松本に肩を摑まれる。

「福本くん、いいんだ」

「でも、あの子、あんなところに座ってっ」

言いつのった福子の視界を、突然、真っ白なものが過ぎる。

それは両の羽を大きく広げ、空から舞い降りてきた——鶴だった。

千年町は東京でもずいぶん鄙びた下町だが、それでもとてもとてもお目にかかれない鳥である。近所の動物園から逃げ出したのだろうか?

福子が驚いていると、彼女の足下を、何かが通り過ぎる。

「……っ!」

慌てて見下ろせば、トロンとした眼と目があった。

ぬぅぅぅと長く長く、首を甲羅から伸ばしている。

見まごうことなく、亀だった。

それも背中に人一人乗れそうな、浦島太郎の物語に出てくるような大亀である。これも一体どこから現れたのか。

「な、な、な、なんなの～!!」

「落ち着くのじゃ、福子」

賽銭箱から飛び降りて、少女は恐慌状態の福子のもとへやってくる。

「うちの神使たちがすまぬなぁ。ほれ、お前たち、福子が目を白黒させておる。少しの間、あっちに行ってたもれ」

まるで言葉の意味を理解したかのように、鶴と亀が離れていく。呆気にとられながら鶴亀を見送る福子の横から、松本が進み出た。小さな女の子に対して、深々と一礼する。

「福禄寿様、最後にご訪問させていただいたのは、晩秋の折だったでしょうか。たいへん、ご無沙汰しておりました」

「ああ、松本か。本当に、久しぶりじゃ。てっきり我は、忘れられたのかと思ったぞ？」

子供が持ち得ぬ落ち着いた雰囲気。貫禄のある物言いに、福子はぎょっとする。

「あ、あのっ。この子は一体、なん……」

「福本くんっ」

松本は福子の言葉を鋭く遮り、小声でささやいた。

「こちらが、福禄寿様です」

「っ……！」

大きく目を見開く福子に、気持ちはわかるというように松本は目を閉じる。

——こ、この小さな女の子が、福禄寿様⁉　だ、だって、福禄寿ってお爺さんの神様でしょ？　か、神様らしさがどこにもないよぉぉぉ。

福子が内心で絶叫すると、女の子の姿をした福禄寿は、うむうむとうなずいた。

「相変わらず、元気な娘じゃ。そう、もともと我は老人の姿の神だが、いろいろあってのぅ。こんな女童のような姿形になってしもうた。ま、あまり気にするでない」

心を読んだかのような言葉に、福子はパクパクと口を開閉する。

「こ、この子、私の心を」

「福本くん、福禄寿様だ。口を慎みなさい！」

松本の厳しい叱責も、福子の耳には入らない。ただひたすら唖然としていると、福禄寿は子供らしくない艶やかな笑みを浮かべた。

「八百万よ。今日こそ、我の願いを叶えてくれるのかのう？」

「精一杯のことをさせていただきます。が、その前に、福禄寿様の新しい担当をつれて参りました。どうやら、ご存じのようでありますが」

硬い口調の松本とは対照的に、福禄寿は鷹揚に腕を組んで、小首を傾げている。

「ああ、知っておる。まさかのぅ。あの小さかった福子が我の担当となるとは思わんかった。大神も、我の退屈を紛らわせてくれよる」

福禄寿は一人ごちて、ふいに、福子をまっすぐ見つめた。

黒目がちのつぶらな瞳（ひとみ）。けれど、力強いその瞳に、福子は射すくめられる。

「のう、福子？　我には欲しいものがあって、ずっとずっと、八百万に頼んでおるのじゃ。しかし、みな、なかなか良き物を持ってこない。お主、我の願いを叶えてはくれまいか？」

「は、は、はいっ！　なんなりとお申しつけください!!」

福子がしゃっちょこばって答えると、福禄寿は桃色の唇を色鮮やかにほころばせて、それからずっと、福子を悩ませることになる要求を投げかけた。

「我は、『周辺周囲を明るくする灯り（あか）』を求めておる。良き物をみつくろっておくれ？」

灯りと一口に言っても、多種多様なものがある。
懐中電灯、ローソク、蛍光灯。ランプにしても、ステンドガラスや和紙を使ったものと、様々だ。
「なにが、いいんだろう……」

八百万百貨店八階、寝具売り場。

昼時のためか、周囲にお客様の姿はない。それを良いことに、福子は売り物のクィーンサイズのベッドに座り、両肘を膝に立てて頭を支え、唸っている。

今日で出社四日目だった。福子が神様の外商員になるよう命じられて、二日が経った。

とても福禄寿神に見えない少女の姿の神様の注文を受けてから、福子はそれこそデパート中の灯りを見て回っている。

しかし、どれもこれもピンとこないし、神様相手になにを持っていったらご満足いただけるか分からない。致命的なのは、福禄寿に具体的にどんな灯りがほしいのか聞きそびれてしまったことである。あのときは気が動転していて、とてもではないが冷静に対応などできなかったのだ。

「前途多難だ」

福子と同期で入社した者たちは、入社二日目にオリエンテーションで交友を深め、本日は接客や商品知識の研修らしい。楽しそうに会話しているのを、福子は今朝、羨ましい気持ちで眺めていた。

下町で育った福子は、実家の豆腐屋のお店番には慣れているが、きちんと接客を学んだわけではない。未熟な事この上ないだろうに、この大役。誰かに相談したいのに。

――外商部の人間とも顔合わせできずにいた。

外商部、特に神様の外商員は、個人で動いているため忙しいらしい。松本ともあれっきり会えていない。

『フロアに話は通しておくから、君は、自分が良いと思う商品を探しなさい』

そう言われて、ポンと放置されている。

心細かった。

福子は本日何度目か分からぬため息をつく。すると、後ろから声をかけられた。

「なぁぁに、若い子がそんな暗い顔してるのっ。ため息を一つつくと、幸せが芋づる式にどっさり逃げていくわよぉぉ!!」

「は、花枝（はなえ）さんっ!!」

福子に活を入れたのは、寝具売り場の主、寿（ことぶき）花枝だった。

ピンと背筋を伸ばした姿が美しい、勤続三十年の大ベテランに、福子はすがるような目を向ける。

「な、なんなの!?　その、ポメラニアンの子犬が飼い主を見失って、通りすがりの人間に助けを求めるような目で、私を見ないでちょうだい!!」

「ポ、ポメラニアン!?　なんですかっ？　その変なたとえは!?」

「昨日、迷子のポメラニアンを保護したのよね～。ツイッターで飼い主探してるから、よかったら拡散してちょうだいよ！」

「え、え、あのっ。私、ツイッターやってないんで！」

「そうなの？ 若いくせに、遅れてるわね」

呆れたように目を細める花枝は、それで？ と、話を戻した。

「エリート外商部に大抜擢されたというのに、どうして、そんなに暗い顔をしているの？ 誰かに、いじめられた？」

「へ？」

「あら、やーだ。私の早とちり？」

花枝は右手をパタパタさせる。

「だってね～、外商部なんてエリート中のエリートが集まる男社会じゃない？ 入社二日目、それもこんな若い女の子が抜擢なんて、嫉妬でグルグルしちゃって剣突を食わせていく男性がいても、おかしくないかもって思って？」

「なんですか、それ!!」

「私の妄想？ 昨日は、男の嫉妬渦巻く二時間ドラマをどっぷり観ていたから？」

「…………」

福子は何も言えず、花枝を見つめる他なかった。

御年五十六歳。福子より年上の子供を三人も育て上げた花枝は、チョコレートブラウンに染めた長い髪を、品よくまとめ上げている。

ブラウスから覗(のぞ)くネックレスは、シェルカメオ。

日本で一般的に流通しているカメオはギリシャ神話の神をモチーフにしていることが多いが、彼女のカメオは花をモチーフにしている。普通のカメオよりも立体的で、イタリアを旅行したときに買い求めたそうだ。

外見は非常に上品なのに、流行に敏感で、テレビが大好きなバイタリティに溢(あふ)れた人である。

私のお母さんと、そんなに変わらない歳なのに。デパート販売員さんって、若々しい人が多いのかな。

そんなことを考えていた福子は、茶目っ気のあるこげ茶の瞳に心配そうな色を見つける。

「……外商部の人たちは、忙しくて、私に構う余裕はないみたいです」

「ああ、そうかもねぇ。外商部の売り上げが落ちたら、うちのデパートも傾きかねないものねぇ」

「か、傾くって、そんな大袈裟(おおげさ)な……！」

花枝は静かに首を振る。

「外商部の顧客は、少なくとも年間で百万円以上を使われる上顧客です。少なくとも、よ？　お客様によっては、何千万と買ってくださる方もいらっしゃいます。そもそも、取り扱っている品物が、宝石やブランド物のバックなんて可愛(かわい)いもので、お客様が求めれば、家とかあるからね～」

「家⁉」

「そうよ～。それに、今は昔と違うでしょう？　洋服一つ取っても、安価でそこそこ品質の保証された商品が、インターネットやアウトレットで買えてしまうから。一般のお客様の足がずいぶん遠のいてしまった。今日も、このフロアは閑古鳥が鳴いてるでしょう？外商員がポカをしたら、デパートの存続に関わる状況なのよ～」

「………デパートの存続」

神妙な顔で固まる福子を、花枝はじぃっと見つめ、おかしそうに笑った。

「なーんてっ。脅かしすぎちゃったかしら。冗談よ、冗談！」

「え、えええええぇぇ。嘘(うそ)なんですかっ⁉」

「入社して数日の女の子の肩に、デパートの存続なんて重い物がのっかってるわけないでしょう？　そういうのは、外商部のすごい先輩たちが担ってくれるから、あなたは、少しずつ仕事を覚えていけばいいのよ！」

——そうは言うけれど、と福子は思う。

花枝は知らない。福子が相手にしているお客様が神様だということを。

神様の外商員のことは、八百万百貨店のトップシークレット。外商部の人間でさえ、神様を担当していない者には知らされないらしい。だから、福子は誰にも相談できず、一人、このように悩んでいた。

上流層のお客様をお相手にするのも恐いけれど、同じ人間だ。しかし、神様相手に粗相をしたら、天罰が下ってしまうかもしれない、と。

ずーん、と沈み込んでしまった福子に、花枝は気遣わしげな眼差しを向ける。

「ほーらっ、暗くならない！　今日はお客様も少ないし、私が商品の相談にのってあげるわ。特別よ？」

「ほ、本当ですか！　助かります!!」

「ええ。それで、お客様はどんな方で、どんなものをお求めなのかしら？」

「それは……」

福子は目を泳がせ、しばし、考える。

「えーっと！　わ、和風のお住まいに暮らしていて、とても若く見えるんですが、えーと、ご年配の方で、灯りが欲しいと仰っています。で、でも、どんな灯りが良いのかは具体的に知らされてないような感じです!!　すみません！」

曖昧なことしか言えない福子に、しかし、花枝は大らかな笑顔を返した。

「仕方ないわね～。でも大丈夫！　お客様がびっくりするような、良い商品を探しましょう!!」

「はい!!」

その後、二人は就業時間いっぱいまで、百貨店中の灯りを見て回る。

花枝はインテリアのカタログをたくさん福子に見せ、販売員としての知識を惜しげもなく与えてくれた。

福子は午後八時過ぎに家に帰り、母親に急かされながら晩ご飯をすませる。

晩ご飯は、豚の角煮と菜の花のからし和えだった。

お腹がぺこぺこだったのと、角煮が美味しすぎたのとでご飯を三杯もおかわりしてしまった。その後、大急ぎでお風呂に入る。和室のちゃぶ台の前で髪の毛を拭きながら、花枝に今日教わったことをノートに書き留める。

疲れていたらしく、福子はいつの間にか眠ってしまっていた。

ベッドには、弟の陸が運んでくれたらしい。朝起きると髪の毛が爆発していて、福子は悲鳴をあげたのだった。

福子は八百万百貨店に出社するなり、外商用の車の後ろに花枝と選んだ商品を積んだ。

「花枝さんっ。じゃあ、いってきます!!」

「はいはい。頑張ってらっしゃい～」

午前九時。福子は花枝に見送られて、車を発進させた。

この車、運転したくないんだけど。

傷一つないピカピカの高級車。正直、福子は電車で向かいたかったが、商品の量と質を考えて諦(あきら)めた。

下町の細い道をぐねぐねと、ぐねぐねと。車体をぶつけないようにして走らせる。途中ひやりとした場面もあったが、なんとか、七星神社についた。

「がんばろう！」

運転ですでにぐったりしながらも、後部座席に鎮座する風呂敷包み四つを台車に載せる。

と、ふいに。

「……福ちゃん？」

名を呼ばれて顔をあげると、腰を曲げたエプロン姿のおばあさんと目があった。

「お春おばあちゃん！」

福子の家の近所にある、煎餅(せんべい)屋のお春おばあちゃんだった。

「こんな時間にどぉうしたのぉ。おやおやまぁ、そんな立派な服を着て。七星さんのお水をいただきにきたのぉ？」

ゆったりとした、独特のテンポで話すお春おばあちゃんに、福子はなんと説明したものかと一瞬、悩む。

まさか七星神社の福禄寿神に、品物を売りに来たなどとは言えるわけがない。

「えーとぉぉ。私、八百万百貨店に入社して、営業みたいな部署に配属されたの。それで宮司さんに会いに来たんだ。服は普通にリクルートスーツだよ？」

「うんうん。よぉわからんけど、えらいなあ。えらいえらい。――福ちゃん、今日は、どうしてこんなところに、いるのぉ？」

「…………えーと。だから」

「ああ。お父さんに頼まれてぇ、七星さんのお水をいただきにきたのぉ？」

「――うんそうなの！　お水をもらいにきたんだっ。お春おばあちゃんは、お店あけてて大丈夫？」

八十歳を超えているお春おばあちゃんは、少しぼんやりして反応がにぶい時がある。けれど、毎日お店にでてきて、お煎餅を焼いている。

開店時間の十時を過ぎているのに、ここにいるのは少し変だった。

福子の問いかけに、お春おばあちゃんは梅干しみたいに顔を歪めてから、晴れた空を見上げた。

「今日は、いいお天気だから、お散歩が気持ちよくてねぇぇ。でもぉ、帰るよ……」

「？　はーい。お春おばあちゃん、またね」

ゆらゆら、と。よちよち、と。

帰っていくお春おばあちゃんの丸い背中を見送ると、福子は自分の洋服の乱れを整えた。

これから神様に会うのだ。粗相がないようにしなければ！

石畳の参道をなるべく音を立てないようにして台車を押す。突如、物陰から大亀がのそりと出てきた。

「こんにちは。福禄寿さまは、ご在宅、でしょうか？」

「…………」

「ご、ご在宅ではないのでしょうか？」

トロンとした深緑の眼が、福子を無言で見ている。見ている。見ている。

しばしそのまま見つめあっていると、バサバサと後ろで羽音がし、福子は飛び上がった。

白鶴である。

真っ昼間の境内に、大亀と白鶴と、デパート新入社員。

こ、こんな光景を、近所の人に見られたら、なんて言おう。

しかし悲しいかな。いや幸いとでもいうべきか。人気のない境内では、そんな心配はいらないとでもいうように、白鶴は優雅な足取りで歩み、福子のそばで一度止まる。

「クルゥッ、クルゥッ……」

「ひぃぃ！　ごめんなさい!?」

「？　クルゥッ、クカカカ！」

もしかすると、来い、と言っているのかもしれない。

これぞ鶴の一声か、とよく分からないことを考えながら、福子は鶴の後についてゆく。

二人の後に、大亀がゆったりのそのそと続く。

鶴亀に挟まれて歩む福子は、逃げ帰りたいような気持ちになった。

「おお、福子っ。待っておったぞ！」

だから、笑顔満開の福禄寿に出迎えられて、福子は大きく息を吐き出した。

「お邪魔しております。福禄寿さま!!」

「堅苦しうしなくて良い。我と福子の間柄ではないか」

優しい言葉に涙が出そうだった。

そうだ。この神社は生まれたときからずっと通っていた、私には家のようなところ。

……恐がらなくてもいいのだ。

「福禄寿さま、ありがとうございます！　ご所望の灯り(あか)をお持ちしましたので、ご覧ください」

気持ちはすっかり落ち着いていた。

福子は、よく見知った本殿の階(きざはし)に、台車の風呂敷を移動させる。

朱、黄緑、紫紺、桃色。

色とりどりの風呂敷の結び目を、一つ、一つほどいてゆく。露(あら)わとなった箱から、福子は花枝と二人で選び抜いた灯りを取り出す。

――花枝さん、ありがとうございます。

海外旅行が趣味のベテラン店員は、物を見る目も知識も確かだった。灯りを作った人の情熱や歴史を、彼女は福子に面白おかしく教えてくれたのだ。

そのときのことを思い出しながら、福子は丁寧に、一点、一点、灯りを並べていく。そして、福禄寿に向き直った。

「お待たせしました。本日、お持ちしたのは、こちらの四点になります。気になる灯りがありましたら、ご説明させていただきま……」

言葉が途切れた。

そこで福子は初めて、見た目は少女の福禄寿が、非常に険しい顔をしていることに気づいたのである。

「福禄寿さま、どうかされましたか？　すみません、私、なにか粗相をいたしましたでしょうか？」

「……粗相も、なにも」

福禄寿は花弁のような小さな唇を一文字にして、ふーと、勢いよく鼻から息を吐き出した。四点の商品に近づく。

「これでは、ないのう。これも、違うっ。なんじゃこれは！　ぜんぜん違うのじゃ～!!」

福禄寿は、福子と花枝が時間をかけて選び抜いた品物をあっさりと拒絶した。福子の頰がひくりと動く。

「も、申し訳ありません、お気に召しませんでしたか」

「うむ、ぜんぜん違う。だめだめじゃ!!」

「し、しかしっ！ その、こちらはとてもいいお品ですよ？ これなど、十八世紀の一点物でして、ステンドガラスが優しく光を……」

「知らんのじゃ」

「で、ではこちらはっ。人間国宝の紙すき職人による和紙が張られておりまして……」

「知らん。持って帰ってたも」

——こ、このわがまま娘っ！ ちゃんと商品を見もしないで、神様なのに、なんて子供なの!?

福子は心の中で、毒づいた。

心の中で、だ。しかし……

「なんじゃ、福子！ 神である我に意見するというのか!?」

火がつかんばかりのまなざしで睨まれて、福子は思わず自分の口を両手でふさいだ。

そうだっ。この子は、人の心を読むのだった……！

「福子、想ったことは自分の口で言うが良い！ 他にも言いたいことがあるのじゃろう？

不満と顔に書いておるぞ？」

「…………」

福子は何も言えなかった。

なぜならば、福禄寿のつぶらな瞳から涙が溢れてきたからである。

ぽろぽろと、ぽろぽろと。大粒の涙が地面に落ちる。

「あの……も、申し訳……」

「っ……我は！」

緋色の袖で涙を拭い、福禄寿は屹然と言った。

「我はこのような見た目でも、神で客じゃ。お主は、我を喜ばすことが仕事じゃ。我が気に入らぬと言ったら、気に入らぬのじゃ！　福子、持って帰ってたも!!」

地団太を踏んで怒鳴る姿は、感情的で子供っぽい。しかし、福子は福禄寿の深い哀切のようなものを感じたのだった。

第二話　恵比寿、三度目に呵呵大笑とす！

桜は花の季節を終え、タンポポのわたげが飛散する頃だった。

朝のラッシュを終え閑散とした電車から降りると、福子は長く長く、息を吐き出した。

寄り道はせず、スマホの地図情報をたよりに目的地へと向かう。約束の時間までまだ余裕があったが、早く行くに越したことはなかった。

立派な鳥居。掃き清められた砂利道。

八百万百貨店から三つ先の駅、翠天宮橋駅から徒歩五分のところに翠天宮神社はあった。

木曜日の午前中というのに、ちらほらと参拝者がうかがえる。ここは有名な神社のようで、入り口では境内マップが配られている。

「今度は、しっかり喜んでもらえるように頑張らないと！」

福子が福禄寿神を怒らせてから五日がたった。

あの日、福子が青ざめながら事情を松本に説明すると、すぐさま松本は一人で七星神社に謝罪に向かってくれた。

『福禄寿様は……なんと仰(おっしゃ)ってましたか？』

『次に七星神社を訪れるときは、もっと良き灯りを持参しろ、と。以上です』

その言葉を聞いて、福子がどれほど安堵(あんど)したことか。

ついカッとなって神様に楯突(たてつ)いてしまったのだ。心の中でだけとはいえ、神様でありお客様である福禄寿を子供扱いしたのだ。クビにされてもおかしくないと思っていた。

『福本(ふくもと)くん。福禄寿神様は要求の厳しい神様ですが、一生懸命やっている者を切り捨てることはありません。しかし、お客様と喧嘩(けんか)など論外です。重々、自分のしたことを反省してください』

『はい……』

そうして、福子はあれからまた灯りを探している。具体的にどんなものが必要か全くわからないが、八百万百貨店の他の店舗にも足を運び、あちこち見ていると、昨日のことだ。

松本から連絡があった。

曰(いわ)く、別の神様から御用伺いに来いと連絡があった、と。

それもなぜか、福子を個人指名しているという。

『あの、どうして、私が指名されるのでしょう？』

『神々のお考えは分かりかねます。しかし、明日は、朝一で翠天宮神社に向かってください。僕は別件でついていけませんが、くれぐれも……くれぐれも、前回のような短気は起こさぬように……』

静かな口調だが、松本に厳しく言い含められた。そのとき、松本は痛みをこらえるように胃を押さえていた。

それが、うつったのだろうか？

──福子も朝から胃が痛かった。

福子は健康優良児だ。朝から朝食をしっかり食べるタイプだが、今日はヨーグルトとバナナだけ。母親に体調不良を心配されて、とっさにダイエットと誤魔化したが、果たして誤魔化されてくれたたか。

お母さん、微妙な顔してたなぁ。

仕事で帰りが遅いことも心配されているようだった。

花枝から商品知識の教えを受けたり、カタログを読みふけったりしていると、時間はあっという間に過ぎてしまう。今日は早く帰らないと、と思いながら、福子は一人、長い長い参道を歩く。

境内は広かった。

マップを見ると、軽食が取れるお休み処や、宝物殿がある。ご神木の大楠は、都内随一のパワースポットと言われているらしく、樹齢が二千年を超えると書かれていた。

「あ、これ、可愛い～！　お母さん、これ買ってー！」

「はいはい」

通りかかったお土産屋さんでは、仲の良さそうな親子が談笑している。カメラを構える外国人の旅行客。本当に、この神社は盛況なようだった。

福子は参拝客の楽しそうな様子に微笑(ほほえ)みながら、社務所へと向かう。豊かな木々で日陰となった建物の戸を、横に滑らせる。

「ごめんください。どなたかいらっしゃいませんか？」

こちらは七星神社と異なり、神社の人間に用向きを伝えるよう、松本に言われていた。

……神様に呼ばれて、商品を売りに来たって言って、信じてもらえるのかな。

どきどきしながら待っていると、作務衣(さむえ)を着た男性がやってきた。

とっつきにくそうな雰囲気で、体格が良い。今一つ年齢が読めないが、福子より年上だろう男は、福子を不審そうに見ている。

「どちらさんで？」

「八百万百貨店から参りました。福本福子と申します。本日はこちらの……」

「へっ、あんたが、福本福子!?」

作務衣の男は細い目を見開いて、大声をあげる。数秒して何事もなかったかのように、頭を下げた。

「……不作法、失礼いたしました」

「……い、いえ」

「自分は、こちらで御前様のお世話係をさせてもらっております岩木と申します。福本様、ご案内いたします」

どこか素っ気ない響きを残し、岩木は履物をつっかける。

向かったのは、社務所の裏側。木々が生い茂り、土が剝き出しの小道だった。

そこには、あれほどいた参拝客の姿はどこにもない。

静謐な空気が流れ、時間が止まったかのような空間である。ちちち、と鳥の声に誘われて、福子は天を仰ぐ。

木々の葉の隙間から、金色の光が優しく漏れている。福子がほおっと、息をついた次の瞬間。

視界が開けた。

さやさやと水音が鼓膜を揺する。柔らかな日差しが降りそそぐ池の畔で、柿色の着物を着た老人が釣りをしていた。

福子は一瞬、この神社の神主さんかと思った。

狩衣に袴、それに真っ黒な烏帽子という古風な出で立ちは、以前テレビで有名神社の例大祭をうつしたとき、神主さんが身に着けていたのを覚えていたから。

でも、こんな華やかな色ではなかったような。それに、凄い存在感。

おそらくあの方が、七福神の一柱であり、福子の次のお客様。

「御前、八百万百貨店の福本福子様をお連れしました」

岩木の呼びかけに、老人が、ゆっくりとこちらを振り返る。

真っ白な髪と眉。

年齢は七十を超えていそうだが、顔立ちは冷ややかさを感じさせるほどに整っている。

福子をひたりと見つめるその双眸には、底知れぬ力強さがあり、福子は思わず一歩下がった。

「……や、八百万百貨店から参りました、福本福子です。私も、御前様とお呼びすればよろしいでしょうか？」

「はっはぁ！　お前、物おじせん娘やなぁ」

翁はにかりと笑う。笑うと一気に、人懐こそうな大らかな雰囲気になって、福子はきょとんとする。

「御前と呼ぶのは、この神社の者だけでええ。八百万から来た者たちは、わてを恵比寿様と呼ぶ。お前もそうしぃ」

恵比寿神。

漁業の神、なにより商売繁盛の神として非常に人気のある神様である。

——そ、それにしても、関西弁は予想外だった。いえ、ある意味、この神様の性質を考な。

えたら、予想通り？　なのかも。

大阪といえば、儲かってまっかー！　と商人が多いイメージがあるような、ないような。

そんな脈絡もないことを考える福子を、翁は目を細めて見つめていた。

「それにしてもや。ずいぶんと、ちんまいなぁ。ちゃんと飯を食うとるのか？」

「は？　わ、私ですか⁉」

「福本福子、なんて力強い名前やさかい、てっきりもっと大きな、どっしりしたのが来ると思っておったんやが……」

翁は首を右に左に傾ける。

「まあええわ。大神のお墨付きと、福禄寿のお気に入りなら、期待できるやろ」

「え？」

恵比寿神とは初対面であり、相手は神様だ。

ここで自分の疑問を投げるべきではないだろう。しかし、恵比寿の言葉を、福子はどうしても看過できなかった。

「あの。失礼かと思いますが、一つお聞きしてもよろしいでしょうか？」

「なんや？　言うてみぃ」

「——私はどうして、神様の外商員に任命されたのでしょう？　恵比寿様は、その理由をなにかご存じなのでしょうか？」

「そりゃあ、名前やろ」

「な、名前？」

「福本福子。福を呼び込みそうな、ええ名前や」

当然のように言い切られ、福子は我が耳を疑った。

「そ、それだけ、ですか……!?」

「そうや」

「……ほんとうに、そんな理由で」

そんな理由で、私は神様の外商員になったの？　と、へたりこみそうになった。

福子はデパート販売員としてのキャリアはゼロだ。

しかし異例の抜擢(ばってき)を受けたのには、自分になにか特別な理由があるのではないかと期待していなかったと言えば、嘘(うそ)になる。

子供の頃から実家の豆腐屋さんを手伝っていた。そういうところを見てもらえたのではないか、と思っていたのだ。それが——

名前なんて、実力でも何でもないじゃない。

福子は少し拗(す)ねた気持ちになったが、恵比寿は泰然としていた。

「名は体を表すと、人の子も言うやろ。名は呪(しゅ)や。わてかて、恵比寿という名があるから、恵比寿なんやで」

……い、意味が分からない。

福子は心の中で思わず呟く。その瞬間、恵比寿はすぅぅと目を細めた。

「名前で選ばれたことが、そんなに福子は不満なんか？　なんや、福子は繊細というか、いろいろ悩んでそうやなぁ。顔色もようないで」

こちらを労わるような言葉だが、福子はハッとする。

神様は人の心を読むのである。不満を抱いてはならない。平静でいなければ。

「ご心配をおかけして、申し訳ありません！　そのぉぉ、少し寝不足なだけなので、大丈夫ですっ。それより、御用の向きはどういったものなのでしょうか？」

話を変えて問いかけると、恵比寿は不審げに福子を凝視した。しかし、数秒後、まあ、ええわ……と呟く。

皺だらけの手が、ゆっくりと池から釣竿を引き上げる。

「わてが欲するものは、そう難しいものではない」

「は、はい!!」

「だから難しくない、言うとるやろ。硬くなるなや」

翁は口を開けて、からからと笑った。

聞いているだけで、明るい気持ちになるような明るい笑い声だった。

恵比寿は茶目っ気たっぷりに、真っ白な右眉だけを器用に跳ね上げる。

「去年の夏が、近年稀に見る冷夏やったのは覚えておるか？」

「あ、はい。たしかに、エアコンをあまり使わなかったと記憶しております！」

「せや。過ごしやすい、ええ夏やった。が、そういう年の次の夏は、猛暑となる。今年の夏は、ごっつ暑うなるでぇ」

「……はあ」

「だからや。わては、そういう夏を少しでも涼しく感じられる器がほしい」

「器ですか？　その、どういった物を入れる器がよろしいのでしょう？」

「冷酒や。ビールっちゅう、欧米から渡ってきた麦酒もええが、夏場はキンキンに冷えた日本酒が、風情があってわては好きなんや」

恵比寿神は優雅に顎を撫でながら、遠い目をしている。

「うだるように暑い夜。月光で白く染まった縁側で、冷酒を酌み交わす。ええなぁ。色っぽい姉ちゃんをはべらせて、差しつ差されつ、しっぽりと。うん？　福子もしっぽりしたいって。かまへんかまへん。わては寛容や。かまってやってもええんやで？」

突然の翁の流し目に、福子はぎょっとする。

それは心を捕らえて離さない、妖しい瞳だった。

神と人。

そのことをまざまざと思い知らされるほどに、魅惑的な瞳。

深い濃紺の色に吸い込まれるような心地になったとき、咳払いが響いた。

「御前、お戯れを」

「────っ！」

我に返った福子は、岩木の呆れたような視線に出会う。

「すこぉぉし、からこうただけやん？　お前は堅苦しくて、たまらんなぁ……それが、嫉妬で邪魔したいいうんなら、もっと可愛ごうてやるものを」

「っ。御前！」

岩木が目を三角にして、悪い笑みを浮かべる恵比寿神を睨んでいる。

あれ。な、なんだろ、この二人。なんか、変！

福子が眉をひそめていると、岩木が福子へと視線を転じた。

「福本様」

どこか凄みのある白々しい笑顔に、福子はびくっとする。

「御前様は、暑い夏を涼しく過ごせる器。冷酒をおいしく呑める器を欲しております」

「は、はい！」

「三日以内にお持ちいただけますよう、ご手配よろしくお願いいたします」

そうして、恵比寿神との会談は、岩木に打ち切られる。

しかし、福禄寿神のときと違い、なにに使う器か分かっているのは、幸いだった。おまけに福子の祖父はたいそうな酒飲みで、どんな器がほしいか聞くとすぐに、いくつかの候補を出してくれたのである。

福子はそれを参考に、食器売り場のバイヤーと商品を選んだのだが、

「福子、お前、なんも分かってないなぁ。三日やるから、まずは酒のこと、勉強してこい」

福子が持っていった美しい陶器のぐい呑みは、鼻で笑われた。

……福禄寿と同様、恵比寿翁も、手強いお客様のようであった。

結局、福子はまた花枝に泣きついた。
ベテラン販売員は、福禄寿を喜ばせる商品を選べなかったことを気にしていたらしい。快く相談に乗ってくれ、すぐに行動に移った。
「私、ちょっといい友達がいるの。彼女に協力してもらいましょう！」
そう言われて、福子は花枝に地下一階の食料品売り場に連れて行かれた。

ワインや日本酒、酒類が集められた一角に、その小柄な四十代の女性は立っていた。

「酒井真美子さん。こう見えて大酒呑み。お酒に人生捧げちゃった人。酒豪のマミコさんって呼んであげて～」

酒豪のマミコさんは、ピンクのフレームの眼鏡を中指でくいっと直し、福子にまず発した言葉。それは――

「好きなお酒はなんでしょう？」

「えーと、し、白ワインです？」

「いいですね。それでは、一番、幸せに酔っていられるのは、何合目ですか？」

「え、え、え、な、何合って……」

ワインとビールと日本酒を順繰りに呑んで、記憶が飛ぶタイプですか？　自分のマックスの呑み継続時間は、何時間ですか？

酒飲みの怒濤の質問に一つ一つ答えた結果、マミコさんは一つの判定を下した。

「あなた、酒初心者ですか。その状態で、お酒が好きなお客様を満足させるのは、不可能です」

ドキッパリと言われ、福子は花枝に助けを求める。

酒豪のマミコさん、恐いです、と。

「マミちゃーん、みんな初めは初心者。福ちゃん、やる気はある子だから、お酒のこと教えてあげてちょうだいよ〜」

「時間の無駄です。私は酒初心者と話すよりも、昨夜読破した『純米酒しか呑まない人は、損をしている』の著者に、私の酒理論のお手紙をつづりたいのです」

「酒倉やってる友達が、新作ワインを送ってきたのよね〜。メーカーに卸さないで個人消費しちゃう、超レア物。それを試飲させてあげようと思ったんだけどなぁ」

「それを早く言ってください。やりますよいくらでも。福本さん、お客様からのオーダーをさっさと話しなさい」

「…………」

マミコさんの変わり身の早さに慄きながら、福子はなるべく詳細に、恵比寿翁とのやりとりを話した。

「──なるほど。夏場にキンキンの冷酒を呑みたいというオーダーですか。それで、福本さんが持っていった器が、陶器のぐい呑み？　なるほどなるほど」

マミコさんは眼鏡の奥で、険しい目をしている。福子を睨んだ。

「まず、非常に基本的なことですが、冷酒と、冷やの違いはわかりますか？」

「な、なにか違うんですか？」

「違います。冷酒は冷えたお酒、冷やは常温のお酒のことを言います。それを知らないということは、当然、日本酒の温度によって、呼び名が変わることも知りませんね。冷やとは、常温二十度のお酒のこと。涼やかな冷たさを感じる十五度程度の冷え方が、涼冷え。花さえも冷たくなる十度くらいの冷え方が、花冷え。雪のように冷えた、五度くらいの冷え方をしたお酒を、雪冷えと言います」

マミコさんは息継ぎもせず、一気に話す。呆気(あっけ)にとられていた福子は、慌てて胸ポケットからメモ帳を取り出し、書き留めていく。

「さて、温度によってここまで細かく呼び方を分けるのは、一体なぜか分かりますか？」

「……わ、わからないです」

「酒素人が」

マミコさんはかっと目を見開いて、小さくなる福子を睥睨(へいげい)した。

「日本酒は、温度によって風味が変化する、世界でも珍しい性質を持つお酒だからです」

「そ、そうなんですか……」

「そうなんですっ。おじい様が、お酒が好きで参考にされたとのことですが、おじい様は普段、常温か熱燗(あつかん)で呑まれる方なのでは？」

「そうです！　なんでわかったんですか⁉」

「ぐい呑みは、ぐいぐい呑めるという名の通り、たくさんお酒を入れられることが魅力です。しかし、冷酒を入れれば、呑んでいる間にお酒がぬるくなってしまう」

「……あ」

「お客様がキンキンに冷えた日本酒が呑みたいと仰るのであれば、それに適した酒器を選ぶというのがまず、肝要になってきます」

理路整然とした言葉に、福子は横っ面を叩かれるような想いがした。

ごくりと唾を呑みこみ、真剣な目で、酒豪のマミコさんを見つめる。

「で、では！　夏場に涼しげな気分になる、冷酒をいれる器でしたら、なにを選んだら良いのでしょうか⁉」

「お猪口と、とっくりのセットをお薦めします。とっくりは氷が入った入れ物に入れておいて、常に冷やしておきます。お猪口はぐい呑みよりも小さく、呑みたい分だけとっくりから注いで呑むのに適しています。冷酒をとても美味しくいただけるでしょう」

「さすがね～、マミちゃん！　じゃあもう一歩、踏み込んで。お猪口といっても、いろいろな素材があるでしょう？　上流階級のお客様におすすめするなら、どんなものをお持ちする？」

「お金に糸目をつけないタイプのお客様ということですね。それでしたら」

マミコさんは、眼鏡のフレームをくいっと上げる。

「美術的価値もある、江戸切子のお猪口でしたら、ご満足いただけるかと思います。――というか、私がそんな器で、冷酒を呑むことができたら、蕩けてしまいますぅぅぅ。はぁぁ、素敵～」

キリッとしていた顔が、ふにゃとなる。

マミコさんは、本当にお酒を愛しているようだった。

「酒豪のマミコさん、ありがとうございます！　早速、良い江戸切子をバイヤーさんと相談して探してきますっ。……それで、その……私が選んだ器を、チェックしていただけないでしょうか？」

「し、仕方がありませんね！　持ってきてもらっても、結構ですよ？」

言葉は素っ気ないけれど、マミコさんは快く了承してくれた。

そうして、福子は二日かけて江戸切子のお猪口を選んだ。

本店にまで足を運んで、秘蔵の江戸切子を出してもらった。

そこまでして探し出した器は、酒豪のマミコさんの反応も上々だった。

『あああぁ！　これで、冷酒が呑めたら死んでもいいぃぃ』と涎を垂らして、江戸切子の入った桐箱に頬ずりしそうなところを、福子と花枝が止めたほどだった。

「本当に、綺麗な器ですね。こんなものが世の中にはあるんですね」

繊細なカッティング。

藍色の江戸切子は、夜の静けさを感じさせる美しさで、福子は感嘆のため息をこぼした。

「福ちゃん、明日は絶対お客様にご満足いただけるわよ！」

花枝に背中を叩かれて、福子は苦笑する。

「……はい！　そうです、ね……？」

福子はしっかり頷くことができなかった。

なぜだろう。

こんなにも素敵な商品なのに、恵比寿翁の満足する様子が想像できず、嫌な予感がしていた。

翌日の朝、福子の嫌な予感は現実となった。

恵比寿神は、美術的価値のある江戸切子を、一目見るなり退屈と斬って捨てたのである。

「……っ。で、でも、これ以上の品はどこにも！」

「そうやなぁ。たしかに江戸切子は、涼しげな器や。品もいい。がんばったことは認めるよ？　ただなあ、わては恵比寿やで？　永きにわたり生き続けるわてには、江戸切子なんて当たり前のもの、退屈や」

「た、退屈……」

福子は生まれてはじめて、目の前が暗くなるという体験をした。

力なくその場に崩れ落ちたところに、岩木の容赦ない言葉が飛ぶ。

「御前様は、そう仰っております。そちらをお持ちになってお帰りいただけますでしょうか？」

追い出される前に、福子は悲鳴じみた問いを投げた。

「あ、あ、あのっ。恵比寿様！　ぐ、具体的に、どのような器をご所望なのでしょうか？」

「言うたやろう？　夏を涼しく過ごせる器や！」

福子は喉の奥で、ぐうと唸った。

……これ以上のものなど用意できない。

みんなで一生懸命選んだ一級品なのだ。これ以上、どうしろと言うのか。

しかし弱音を吐く前に、恵比寿から叱咤激励される。

「なあおい、福本福子っ。福を呼び込む名をもつ人の子よ！　次はわてがビックリするような器、期待しとるで!!」

そんなことを言いながらもすぐに、翁は福子に興味を失った様子で釣りに戻る。岩木が早く帰れと、咳払いをしてくる。

「…………っ！」

福子は全てを呑みこみ、声を張り上げた。

「八百万百貨店は、お客様に必ずご満足いただけるお品をお持ちします！　今後とも、どうぞ、よろしくお願いいたしますっ……！」

　無言の二人に深々と一礼する。

　福子は足早に特別区域から離れ、境内の出口を目指す。一刻も早く、翠天宮神社から脱出したかった。

　下町の細い道を闇雲に突き進み、誰もいないのを確認すると、一人吠（ほ）える。

「ああぁぁぁぁ、もうっ！　か、神さまは、な、なにをご所望なのぉぉぉ」

　恵比寿翁（おう）は、ただ、福子の名前が縁起が良いという理由で期待すると言う。

　けれど名前なんて、なんの根拠もないじゃないかと、福子はあのとき反論したかった。

　私はただ普通の人間のお客様に、商品をお売りして笑顔にしたかっただけなのに。

　神様は、なんてなんて身勝手なのだろう。

「もう嫌！！！」

　福子は悔しさに歯を食いしばりながら、八百万百貨店に戻る。

　気を抜けば、涙がこぼれそうだった。

　受け取られることがなかった江戸切子の桐箱を大切に抱えて、福子は重い足取りで従業

員用のエレベーターに乗り込んだ。

「えーと、七、二、九、二、と」

暗証番号を打ち込めば、隠されていたフロアボタンが露わになる。福子は十三階のボタンを押し、エレベーターの振動に身を任せた。

『七福神ご奉仕部』は、一般職員の立ち入りを禁じている。ベテランの花枝でさえ入れない特別な場所。

未熟な自分がそこに立ち入ることに、福子は躊躇いを感じている。

「まだ、なーんにもできていないから、なぁ……」

外商員には高いノルマが設けられている。そのノルマを毎月達成し、認められた販売員が『神様の外商員』に推薦されるのだ。

福子はその過程を飛び越えてしまった。例外中の例外なため、今はまだノルマがない。

松本からは、まず仕事に慣れなさいと言われている。

花枝にも、入社して一か月なのだから焦らなくても良いと、何度も何度も言われているが、もどかしかった。

知らず知らずまた、ため息をついていた。

福子は、恵比寿神への商品は、これ以上ないものを選びつくしたように感じていた。酒器として最上級品なのだ。一体、これからどうすればいいのだろう……？

ミクロンもないんですよ!!」

「これは、命令です」

「こんなのに、『七福神ご奉仕部』の仕事が務まるわけがないでしょう。教育してどうにかなる人間と、ならない人間がいる。これは、ハッキリ、どうにもならない!!」

　断定的な口調に、福子はカッとなる。

「あ、あなた一体なんなのよっ!?」

「俺に、名前を尋ねているんですか？」

　男はわざとらしく小首を傾(かし)げた。

「一般的に、人に名前を尋ねるときは、自分から名乗るのが礼儀じゃないですかね？」

「――っ。福本福子です!!」

「俺は黒守克己(くろもりかつき)。八百万百貨店外商部で、三年連続売り上げトップをキープしている者ですが？　福本福子さんは、なにをしたのですか？」

「……その、私は入社したばかりなので」

「ええ、存じ上げてますよ！　入社二日目でありながら、『七福神ご奉仕部』に大抜擢(だいばってき)されたというのはっ!!　異例のスピード出世です。さぞかし優秀な方なのでしょう？　もう五月ですから、俺が驚くような実績をあげていることでしょうねぇ？」

　褒め言葉の形で、畳み掛けるような嫌みをぶつける克己は、きらきらしい笑顔だ。

その美貌はアイドル顔負けだが、福子は我が身を守るように桐箱をぎゅっと抱きしめ、後ずさる。

「おや、福本さん。その手に抱えているのは、どこの神様に渡す品物ですか？」

「……翠天宮神社の、恵比寿様です」

お気に召されず、突っ返されたとはとても言えなかった。しかし、克己の追及は厳しい。

「へえ、翠天宮の恵比寿様なら俺も通ってましたよ。物は、なんですか？」

「江戸切子のお猪口(ちょこ)です……」

そう返した途端、克己はぷっと噴き出した。

「……くっ……え、江戸切子ですか……そ、それは、それはよろしい……品ですねぇ！」

体をくの字に折って笑いながら、切れ切れに言葉を返してくる。

明らかに小馬鹿にした態度は、全てを見透かしているようだった。福子は羞恥(しゅうち)で真っ赤になる。

「おい、黒守」

見かねた松本が克己をたしなめると、克己は笑うのを止めた。真顔になって、松本を見やる。

「松本さん、いいですよ。さっきの件、了承しました。ただ、一つ、条件をつけ加えさせてください」

「条件、とは？」

「今週中に最低百万の売り上げを、この人があげること」

「黒守！　それは——！」

「容易でしょう？　俺は外商に入ったその月に、三千万の売り上げをあげましたよ？」

福子には二人のやり取りの意味がわからなかったが、思わず目を丸くする。

外商に入ったその月に、三千万の売り上げ？　なにそれ!?　この人、嫌な奴だけど、すごい人なんだ……！

そう関心した次の瞬間、福子は鋭い視線に射られる。

「お前さ、向いてないよ」

氷のように冷たく、澄んだ美声。

「見えてない、なにも。翠天宮の恵比寿様に、江戸切子なんて笑うしかない。仕事を舐(な)めてるとしか思えないわ」

軽蔑(けいべつ)の眼差(まなざ)しに、福子は何も言い返せなかった。

午後五時。

定時と同時に、福子は逃げるように八百万百貨店を後にした。足早に職場から離れ、地下鉄の電車の座席に崩れ込む。

こんな早い時間に、電車に乗るのはずいぶん久しぶりだった。

……この仕事向いてない、か。

ここ数日、福子は遅くまで商品を探したり、商品知識をつけるべく勉強していた。休日もなく動いていた。しかし、結果は何もなく、焦りばかりがつのっていった。

疲れた……

このまま、ずっとぼんやりしていたかった。けれど、電車は定刻通り二十分もせず、千年町駅に滑り込む。

「帰りたくない、なぁ……」

駅の階段をのろのろ上りながら、自分の顔をこする。

福子は感情が顔に出てしまうことを十分、自覚していた。こんな気持ちのまま帰れば、家族に心配されてしまうだろう。

仕事のことを、家族に話すのは嫌だった。

以前の福子ならば、嫌なことがあったり、悩み事があったりしたら、向かう場所があった。

七星神社である。

　しかし、福禄寿神と喧嘩してしまった今は、とてもではないが伺えない。かの神からも、次に訪れる時はもっと良き灯りを持参しろと言われているのだ。言われているのだが——福子の足は自然、七星神社へと向かっていた。

「はあ」

　夕闇に浮かびあがる、古びた鳥居。神社を覆う、こんもりとした木々。涼風が、優しく福子の頬を撫でていく。

　ここに立っているだけで、少しだけ穏やかな気持ちになれた。

　……福禄寿さまが、いらっしゃるとは限らないんだし。

　怒られるのも覚悟し、福子は思い切って境内へと入る。

　しん、とした静謐な空気。

　そこには誰の姿もなかった。大亀も白鶴も、もちろん福禄寿の姿も見つけられない。

「お参り、していこう……」

　手水舎で手と口を清め、本殿へと向かう。

　二礼二拍手し、目を閉じる。

　子供の頃から繰り返している所作をすると、心が落ち着いてきた。願い事をするでもなく、ずいぶん長いこと、そのままの体勢でいる。

「ありがとうございます」

するりと、感謝の言葉がこぼれ落ちた。

目を開ければ、夕日が目に染みる。美しい朱色が、境内を染め上げていた。

……今日は早く帰って寝よう。それで、明日、松本さんに別の部署に移してもらえるよう、ちゃんと言うんだ。

自分では、力不足です、と。

そう心に決め、踵を返したその時だった。

「おや、帰るのか？」

幼な子の声が響いた。

数瞬前まで誰もいなかった目の前、本殿のお賽銭箱に、福禄寿が座っていた。

「――っ、福禄寿様！　も、申し訳ありません！」

「なぜ、謝る？」

「その……この間はカッとなってしまって……」

「謝罪は松本から届いておる。再び詫びずとも良い」

「それに、次に来るときはもっと良い灯りを持ってこい、と言われましたのに、今日は……」

「よいのじゃ。今日は八百万百貨店の外商員ではなく、千年町商店街の福本福子としてきたのであろ？」

福禄寿はゆったりと首を振る。穏やかで、慈しみ深い表情だった。

「福子は今、頑張って頑張って、どうにもならんと追い込まれたときの顔をしておるよ。大学受験のとき、成績がなかなか上がらず、志望校を諦めようとしたとき以来の顔じゃ」

「そう、かもしれません」

包み込むような優しい眼差しに、福子はひどく安心した。強張っていた心が、ほどけるようだった。

「っ――！」

ふいに、目頭が熱くなり、ぽろぽろと涙が零れ出す。慌てて止めようとしたけれど、こちらを見つめる瞳はただただ優しくて。

「福子、どうしたのじゃ？」

「っ……し、仕事がうまくいってないんです！……頑張ってるけど、私はなんの取り柄もなくて……みんなすごくて、力を貸してくれてるのにっ……私は、期待されてるけどっ……本当は、そんな力なく、て……周りが、がっかり、してるのがわかって。でも、どうしようもなくて……」

恵比寿様がなにが欲しいのか、わからなくて！

堰を切ったように溢れ出る言葉。

福子は泣きじゃくった。福禄寿が黙って聞いているのを良いことに、心の中にあったもやもやを、無茶苦茶に吐き出した。

あまり関係ないことも、感情のまま、素直に、全て全て。

——後で思い返すと、こんなふうに泣くのは、子供のとき以来だった。

福子は弟がいて、しっかりしなければという気持ちがいつもあったから、神様とはいえ、親以外の前でこんなふうに甘えるのは初めてだったかもしれない。

「す、すみません！　大変、お見苦しいところを!!」

思うさまにわんわんと泣いて、落ち着いたとき、福子はぐったりと疲れていた。

「謝るでない。それが我の役割じゃ」

十歳の少女にしか見えない福禄寿神は、どこまでも穏やかに微笑んでいた。やはり神様なのだ、と福子が感じ入っていられたのは、しかし束の間だった。

「恵比寿と言うておったが、どこの恵比寿じゃ？」

「翠天宮神社の恵比寿様です」

「ああ、あやつか！　あの軽薄で、商売っ気の強いっ。まったく、福子を泣かすとは偉くなったものじゃ!!」

唇を尖らせて憤慨する姿はとても親しみやすく、福子は、あははと声をあげて笑ってしまった。

……自分が笑えることに驚いた。

数分前まではとてもそんな気分ではなかったというのに。

柔らかく温かな気持ちで、口を開く。

「先日、初めて翠天宮神社にうかがったのですが、とても大きな神社でした。売店やカフェがあって、ご神木は天然記念物に指定されているみたいで。外国人もたくさんいましたよ」

「あそこは恵比寿もじゃが、宮司の一族がしっかりしておってな。経営手腕に長けておるのじゃ。じゃが！　我のほうが、神格は上じゃ。あやつよりも、ずっとずっと昔から、神として皆を見守っておるのじゃ！」

「そうなんですね」

福子が泣くのを優しく見守っていたように、福禄寿は他の人々にもそうやって寄り添ってきたのだろう、と感じた。

今日、ここにきてよかった、と。

この千年町に生まれて、福禄寿神の庇護の下で暮らせていてよかった、と。

福子は嬉しく思って、微笑んだ。

「それで？　あの恵比寿は、なにを所望しておるのじゃ？」

しかし、その問いかけに福子の顔色は、再び曇る。

「冷酒を呑む器です。江戸切子のお猪口がよろしいようなので、そちらをおすすめしたのですが……退屈と言われました」

「あやつが言いそうなことよのぉ」

　あっさり返した福禄寿だったが、ふと、小首を傾(かし)げた。

「江戸切子のお猪口(ちょこ)がよろしいようなので、と言ったな」

「はい」

「その言い様は、自分で器を選んだわけではないのか？」

「は、はい。私はあまりお酒を嗜(たしな)まないので、お酒が好きな人に見立ててもらいました」

「………なんじゃ、それは」

　福禄寿はぽかんと口を開け、福子をマジマジと見上げた。

「さっきまでお主は、子供のように泣いておった。わんわんと、まあ、よほどつらいことがあったのだろうと、我は思うておったっ。じゃが!!」

「はい？」

「自分で、神を喜ばせる商品を選んでないじゃと。それは一体、どういうことなのじゃ!?」

「え、え、え……」

「お主の仕事は、良き品を自分で見つけて神々にすすめることじゃ！　その選定を他者に任せておっては、何もやっておらんのと同義じゃ。なぜ、自分で選んでもおらぬのに、こんなところで泣いておる⁉　さっさと自分の仕事に戻って、恵比寿にぶち当たって来るのじゃああ‼」

「は、は、はい‼」

反射的に返事をして、福子は目を泳がせた。

「……でもっ、そのっ！　私にはデパート販売員としての経験はないですし、お酒のこともよく分かりません。すごい先輩たちから助言をいただいて、商品を選んだほうが」

「ぐだぐだ鬱陶(うっとう)しい‼　すごい先輩とやらの助言通りに動いた結果が、これじゃ！　お主は根本的に、自信というものが足りておらぬ‼」

「っ――」

火が付いたような目だった。福子ははっと、横っ面を叩(たた)かれたような気分になる。

「福子よ。なぜ、自分一人で選ばぬ。お主は、大神に選ばれた我らの外商員ぞ？」

「……私は」

みんなの期待が重かった。

落胆するのを見るのが、つらかった。

それでも、自分にできることを一生懸命やってきたつもりだったけれど。

鼻から深く空気を吸って、福子はまっすぐに福禄寿を見つめた。

晴れ間が差し込むような、妙な静けさが心に訪れた。

「私が選んでも良いのでしょうか？」

福禄寿は、莞爾（かんじ）として笑う。返ってきたのは、力強い一言。

「戦ってこい」

その一言で、福子の腹は決まった。

あとから思うと、怒りっぽく幼い姿の神様は、いつだって真摯（しんし）に向き合ってくれた。

厳しくも寛容に、育ててくれた。

その懐の深さ、パワーに、ずっと支えられていた。

だから、あんなことになるとは、そのときは思ってもみなかったのである。

「福っ、慌てて食べないっ。ごはん詰まらせるわよ！」

母の怒声をかわしながら、福子は晩ご飯に真剣に取り組んでいた。

腹が減っては戦はできぬ。

しかし食べ過ぎも、パフォーマンスを落とす。

一膳と半分の白飯で、サバの味噌煮とお味噌汁を食し終えると、福子は軽い運動にストレッチ。ついでに、家族全員分の食器を洗い、床についた。

睡眠は大事だ。

しかしすぐに眠りはやってこなかった。

まだ九時にもなっていないのだから仕方ない。そして――いささか興奮もしていた。

福子の脳裏には、一つ、恵比寿神におすすめしたい商品が浮かんでいた。

たくさんの器を見て回っている最中、たくさんの勉強をしている最中、福子はこの世界には、たくさんの素敵なものがあることを知った。

その中の一つを、恵比寿様にお見せしたいと思っていた。

果たして、『それ』をお持ちしたら、どんな顔をされるか。

とりあえず明日の朝一で、それを出してくれる食器バイヤーさんは、渋るだろうなぁと苦笑しながら、福子は眠りにつくのだった。

「お仕事熱心でございますねぇ……」

翠天宮神社で顔を合わせるなり、岩木にため息をつかれた。

面倒くさそうな態度を隠しもしない彼に、福子は元気よく頷く。

「それだけが、取り柄だと思っております！」

気持ちで負けてなるものか。

福子がニコニコ満面の笑みを返すと、岩木は鼻白んだようだった。

「福本様は昨日、御前様にけんもほろろに扱われ、帰られたと記憶しております。まだ一日もたっていない出来事でございますが、そんな短時間で、御前様に『自信』を持ってお見せできる商品が用意できたのでしょうか？」

自信。

それだ。
今までの私にはなかったもの。果たして、今の私にそれがあるか。
いや？
「私は今日はじめて、自信を持ってオススメしたいと思う商品をお持ちしました」

まっすぐ岩木の目を見返すと、岩木はすっと半眼になった。

「それならば、ご案内いたしましょう」

「よろしくお願いいたします！」

岩木が巌（いわお）のような背中を向けた瞬間、福子は小さくガッツポーズをする。

まずは、第一関門突破。

そう心の中で叫んで。ふと、懐に抱えた『それ』を抱きしめる。

『それ』は八百万百貨店で、波紋を起こした。

食器バイヤーに渋い顔をされただけでなく、酒豪のマミコさんには、ありえない!!　と一蹴（いっしゅう）された。いつも味方をしてくれる花枝ですら、戸惑った顔をしていた。

『福ちゃん、『それ』はちょっと、上流階級のお客様にお見せするのは、違うんじゃない？』

そんなみなの制止を振り切って、今、福子は『それ』を持ってここにいる。

強い気持ちで立ってはいるが、ふとしたことで不安が忍び寄る。聖域へと到着し、釣りをする恵比寿を瞳（ひとみ）がとらえた瞬間、急に心臓が早鐘のように打ち出して、めまいすらした。

が――

「恵比寿様、今日は釣れていますか？」

福子の声は、震えることなく凛と響いた。

そのことに当人が驚いていると、恵比寿は、くっと喉を鳴らした。

くつくつと。

どうやら、笑っているようだった。

「そやなぁ。今日はちぃーとも釣れず、退屈してたところやで～」

釣竿を立てかけて、恵比寿は福子に向き直った。

「これで、三度目やなぁぁ」

「は？」

「察しの悪い奴っちゃ。福子がわてに商品を持ってくるのが、三度目や、いうとるんや」

「は、はい！　おっしゃる通りです」

「二度目は勉強不足。二度目は模範解答で頭の固い、おもろないもん。さて、三度目は、ちょっとは笑かしてもらえるんやろか？」

「……恵比寿様は、笑いたいのですか？」

「どあほう。物のたとえや。器の一つや二つで笑えるかいな」

と言うが、恵比寿はこれまでになく楽しそうにしているような気がした。

「人の子達は、『二度あることは三度ある』なんてことを言うわなぁ。わては、この言葉が大嫌いや。なんや、二度失敗したら、三度目も失敗しても良いみたいな、気の抜けた感じが、嫌や」

いや、笑っていない、と福子は思い直す。

恵比寿の目には、何かを見定めようとする冷静な色があった。

「昨日の今日や。三度失敗してもええいう気持ちでここにおるんなら、さっさと帰れ。わては暇やない」

「――三度目の正直という気持ちで参りましたっ！」

「言うやないか。仏の顔も三度までなんやで？」

言外に、次はないぞ？　と匂わせてくる。恵比寿に覚悟を問われ、怯む。しかし蘇る、強い言の葉。

『戦ってこい』

その一言で、背筋が伸びる。

そう、これは戦いだ。

「恵比寿様、本日、私は恵比寿様が必ずご満足いただける商品をお持ちしました」

まずは、笑顔で言い切る。いかにも自信満々な態度で。

「それと申しますのは、私は、今まで恵比寿様のご要望をしっかりと受け止められていなかった、と感じたのです。今一度、恵比寿様のご要望を整理いたしました。ご確認いただけますでしょうか？」

「なんや、言うてみぃ？」

　福子の心臓は、相変わらずばくばく言っている。少しでも落ち着かせたくて、鼻から大きく息を吸い込んだ。

「まず、暑い中でもキンキンに冷えた日本酒が呑める器であること。こちらは外せません。最も、重要視させていただきました」

「その通りや。しかし、氷なんぞ入れて、うっすい日本酒を呑ませられたらかなわんなぁ」

「もちろんでございます」

　福子は笑みを深めてみせる。

「次に、涼しげな見た目であるということ。見た目は大事でございます。ただ、こちらの商品は、万人が涼しげと感じるか、正直、不安でございます。なにせ、その人の好みが反映する観点になりますれば」

「それは、わてが判断するところや。つまらんことを、長々と言うなや」

「……そうでございますね。さて最後に」

　ここが大事だ。

おそらく、恵比寿様というお客様が商品を購入するか、否かのポイント。そして、八百万百貨店の面々や福子が躊躇って、踏み込めなかったところ。

　神への恐れ多さを無視して、福子は口にする。

「面白きものであること」

「――悪くない」

　恵比寿は真っ白な眉を、器用に右だけ跳ね上げて笑う。岩木がふむ、とうなずいた。

「福子、見せろや」

　翁は子供のように目を輝かせ、福子を急かす。福子は『それ』の包みを、ゆっくりと開いた。

『それ』を高々とかかげて披露した瞬間、恵比寿は明らかにがっかりした。

「なんや、その容器は。地味で、特におもろない。どこにでもある普通の容器やないか……」

『それ』は、金属でできたタンブラーだった。

　薄青いブルーの地に、桜花が舞い遊ぶ、見た目の涼し気な器。

　しかし一見すると、どこにでもある普通の器。

　落胆を前にしても、福子は笑う。根性で。

「こちらは、純チタン製二重タンブラーになります。最近、チタン製のタンブラーが注目されております。それというのも」

自分が良いと思った商品を、ちゃんと良いものだと伝える。それが販売員の務め。たとえ、恵比寿に叱られてもいい。己の責務を果たしたい。その一念で、福子は踏ん張っていた。

「チタンは熱伝導率が非常に低い金属で、熱いものは熱いまま、冷たいものは冷たいまま、召し上がることができます。その上、こちらの商品は二重構造となっており、チタンの間の空気は真空となっております。今この世界にある商品で、もっとも冷たいものを冷たいまま呑むことができるといっても、過言ではないのです」

「なんや、ようわからん。大仰に言って、わてを騙そうとしてないか？　こんなんが、世界一なわけないやろ？」

「そうですね。ありていに言えば、これは——そうっ、魔法瓶です!!」

「っ。はあああああ!?」

「恵比寿様は、魔法瓶をご存じないですか？　あの容器は、保冷に優れ、冷たいものを入れてきちんと蓋を閉めておけば、一日中、中のものが冷たく飲めます。こちらのタンブラーは、魔法瓶と同じ構造なのです」

「はあ……それはすごいなぁ」

「はい！　すごいのですっ。その上、こちらのタンブラーには、魔法瓶よりも秀でている点があります。それがチタンでできているということです」

福子は数秒息継ぎをして、お腹に力を入れた。

「チタンという金属は非常に軽く、ガラスと違って割れることはありません。なにより、飲み物の味をまろやかにする特徴があります。こちらで日本酒を呑まれると……」

その後、福子は思う存分、このタンブラーがいかに優れているかを力説した。岩木は非常に疲れた顔をしていたが、恵比寿は黙って聞いていた。力尽きるように、福子が喋り終わるのを見て取ると、恵比寿が動く。

「――岩木、水と氷、あと適当な酒器を持ってこい。福子、そのチタン製タンブラー、少し試させてもらうで」

「は、はい？」

なにをするのだろう、と福子が見ていると、恵比寿は普通の酒器とチタン製タンブラーに水と氷を入れさせた。岩木に二つの器を持たせたまま、恵比寿は光を受け、金色に輝く狩衣の袖を大きく広げる。

「福子、頑張ったなぁ。お前が、その商品を売りたい想いが、ビンビン伝わってきた。その礼に、商売の仕方を一つ教えてやる」

「……はい？」

「いいか。客は、言葉だけでは動かん。特に、つきあいの浅い販売員の言葉なんぞ、いくら並べられても興味が持てん。それは、わてらがその言葉の真贋を見極めることができんからや」

「え、でも……！」

「なんや？」

「神様は、私達、人間の心が読めるんですよね？　私が嘘をついたら、見透かされるのでは？」

「なんや勘違いしておるで？　わてらに、人の心を読むなんて万能な能力は、ない」

「え⁉」

「ま、人より聴こえるもんはあるが。まあ、仮にもし、わてが福子の心ん中、全部見通せたとしてもや。わては、新米販売員の言葉を疑う」

「な、なんでですか⁉」

「新米販売員が品物の特性を正確にとらえているか、疑わしいからや。福子、お前はじめに持ってきた酒器、あれは勉強不足や未熟さが丸出しやった。あれを見せられて、そうすぐに信じられると思うか？」

「そ、そんなっ！　それじゃあ、私はどうすれば！」

「簡単や。ただ、見せればええ」

福子の前で、商売の神様である恵比寿翁は、にやりと笑った。

「そろそろ、ええやろ。岩木」

恵比寿の命令に、岩木は氷が浮いた二つの器を福子の眼前に持ってくる。

「右の器は、普段、恵比寿様が冷酒を呑む際にお使いになっているグラス。左の器は、福本様のお持ちになった純チタン性二重タンブラー。二つの器に、同量の水と、同じ大きさの氷を入れました」

「岩木は、子供のように体温が高うてなぁ。その男が二つの器を握りしめれば、明確に違いが出るはずなんや」

その通りだった。福子は、あっと声をあげる。

「……っ、恵比寿様！　氷の溶け方が、右のほうが早いです‼　左はまったく氷が溶けてないのに、右はみるみる溶けていきますっ」

「岩木、器を持って感じる違いはあるか？」

「右は冷たさが伝わってきますが、左からはまったく感じません。まさかこれほどに、違いが出るとは。福本様のお持ちになったタンブラーでしたら、冷たいものは冷たいまま呑めるかと思います」

岩木の驚いた声音に、福子はハッとする。

そう。こうすれば、一目瞭然だった。

言葉を重ねずとも、こうやって見せれば、この商品の良さは伝わった。

「福子、これが商売のやり方やで」

「………はい」

お客様に教えられて、福子は恥ずかしい気持ちになる。己の未熟さに、穴があったら入りたかった。

敗北感。

しょんぼりとしていると、恵比寿に肩を荒っぽく叩(たた)かれる。

「おいっ、福本福子っ。お前、ほんま、繊細な奴っちゃなぁ！　商売人ならもっと、太々(ふてぶて)しくならんかい!!」

「……はい」

「『お客さん、いい売り方教えてくれて、ぎょうさん、ありがとうございますー！　つきましては、こちらの商品、少しお安くさせてもらいますよって。一つと言わず、十個くらい買(こ)うてきませんかー!?』ってのが、商売人やで？」

「は、は、は、はい！　……恵比寿様、勉強させてくれて、ありがとうございます！　と、特別に、お値段のほう勉強させてもらいます。食器バイヤー泣かすくらい、お安くさせてもらいますっ」

「だあほ。食器バイヤー、泣かすなや」

「は、は、はい！」

「で、ナンボや？」

「っ、はい！　そちらは、税込価格で……」

値段を口にした瞬間、恵比寿は苦笑した。岩木に目配せし、ふっと真面目な顔になって、遠くを眺める。

翁はしばし無言だった。

「なあ、福子。このタンブラーは、下手したら、この間持ってきた江戸切子の百分の一の値段やないか。ここに持ってくるにしては、安すぎると思わんかったか？」

「……やはり、失礼でしたでしょうか？」

先輩販売員に反対を受けたのもこの点だった。いくら良い商品だとしても、富裕層のお客様に売るものではないと、ハッキリと言われた。

しかし恵比寿は手をヒラヒラと振る。

「わては、別に気にしてないで。だがなぁ、これじゃあ、売り上げにならんやろ。先輩たちはもっと、もぉぉっと売ってるでー！」

「で、で、でもっ！　この商品が、恵比寿様のオーダーにピッタリだと思ったから！」

デパートにあるたくさんの器。

そのどれもが、キラキラとしていて素敵だった。けれど、そのキラキラの中で、福子には一際、輝いて見えたのが、このタンブラーだった。

この商品を恵比寿様が見たらお喜びになるのではないか、と気になっていた。

値段が見合わないことも、大きな売り上げにならないのも分かっていた。それでも、この商品をお見せしたかったのである。

恵比寿は、ふんと鼻を鳴らした。

「青臭い奴っちゃ。そんなんじゃ、神様の外商員は務まらんで」

「…………」

まったくその通りだ。

福子は厳しい現実に押し黙る。しかし、彼女を見つめる恵比寿は、優しい目をしていた。

「甘っちょろくてどうしようもないが、わてはそういう阿呆(あほう)が嫌いではない。それになぁぁ、あの売り文句は、面白かったで！」

「え？」

きょとんとする福子の前で、恵比寿は呵呵(かか)と笑い出した。

「わては酒器をオーダーしたというのに、それに対して魔法瓶です〜って、トンチンカンもええとこや！　しかしこれが理にかなっているっ。阿呆って奴は、ときどきホンマ、わてらの斜め上のことをやらかすんや。おもろいっ。ホンマ、ようやった!!」

無茶苦茶な言われように、笑われように、福子は次第に腹が立ってきた。が、その怒りは、次の一言で吹っ飛ぶ。

「このタンブラー、買わせてもらうわ！」

「……ほ、本当ですか⁉」

「嘘は言わん。あとなあ、このタンブラー、ひとつしか持ってきてないようやが、色はこの青いの一パターンしかないんか？」

「いえ！　二十パターンあります。オーダーすれば名前なども彫金できますので、遠慮なくお言いつけください」

「そうか。なら、その二十パターンを全部。五セットずつ、もらおか」

福子は耳を疑った。まじまじと、恵比寿を見上げる。

「あの、二十パターンを五セットって、ひゃ、百個お買い求めになるということですか⁉」

「そう言うとるやろ。わては、恵比寿や。買うときは、気前よく、ドーンッと買うんや。よう覚えておき」

「で、で、でも、タンブラーを百個もなんて‼」

嬉しいよりも困惑に、福子は悲鳴をあげる。

恵比寿は茶目っ気たっぷりに、片目をつぶって見せた。

「なんも百個全部、わてが自分で使うわけやない。うちの神社には、大きな土産物屋がある。そこで売るんや！　このタンブラーなら、みんな欲しがる。はて、どんな売り文句で売ってやろうか」

「外国人の観光客をメインターゲットに、クールジャパンを押し出す売り文句がよろしいか、と」

「そやな。宣伝文句は、わてが考える。岩木、お前は神社の連中を言い含めといてくれ」

二人はどんどん事を進めていく。

唖然(あぜん)と口を開ける福子に、商売の神様は溌剌(はつらつ)とした笑顔で言った。

「というわけや。福子、タンブラー百個、急ぎで頼むわ。それと、また面白いと思うもんがあったら、持ってきてもええんやで」

……これは何かの夢だろうか。こんなことが本当に起きるのだろうか。

福子は嬉しくて嬉しくて涙をこらえながら、勢いよく頭を下げた。

「はい！　恵比寿様、本日はありがとうございます!!　また、どうぞよろしくお願いいたしますっ!!」

「……ほう」
在庫確認の最中、その報告を受けると、松本は感嘆の吐息をついた。
持ち場を離れて無人の会議室にゆき、携帯を取り出す。

かけてすぐに、相手は出た。

「黒守、福本くんが百万円以上の売り上げをあげたぞ？」

返答はなかった。

「彼女は条件をクリアした。約束通り、頼まれてくれるな？」

長い長い、沈黙。

松本が不審に思い眉をひそめたそのとき、ぼそりと、彼は物騒なことを言ってきた。

『泣いて辞めても、文句はなしですよ？』

気の毒に。

仕事に対し鬼のようにストイックな彼に、新人の彼女は一体どこまで食らいつけるか。

松本は沈鬱な表情で、ため息をつく。

「ほどほどで頼む……」

第三話　弁財天、渋谷のライブハウスに降臨す！

「お春さんところのお煎餅屋さん、近々、閉店ですって」

梅雨入りが発表された翌日の早朝。

寝耳に水の情報に、福子の箸を操る手が止まる。

「っ……え、なんで！　むぐっ……どうして、お春おばあちゃん、お店を閉めちゃうの!!」

「ちょっと、福！　ご飯つぶを飛ばさないのっ」

大学生の弟の陸は、父親と豆腐の仕込みのために、すでに出かけている。

母親と祖父母、それに福子の四人で囲む食卓に、その話題を投下したのは母だった。

「どうしても何も。お春さん、今年で八十二歳でしょう？　お歳だから」

「でも！　お春おばあちゃん、毎日、お店でお煎餅を焼いているじゃない。なんで急に」

「それは――去年の年の瀬に無理をされてね。もともと悪かった腰をさらに痛めて、動けなくなっちゃったのよ。地べたで動けないところを、近所の人に助けられて。それを聞いた息子さんが、店を閉めて、一緒に暮らそうと説得したらしいわ」

「そんなぁぁぁ……」

祖父と祖母はゆっくり、ゆっくり、塩じゃけの身をほぐしている。

「福ちゃん。お春さんは、連れ合いに先立たれて一人じゃったから、息子さんと暮らせるのは幸せなんじゃよ？　お客さんも少なくなっておったし、頃合いだろうてぇ」

「あそこは、煎餅屋をつぐ人間もいなかったからなぁ」

祖父母になだめられるが、福子は納得できない。

そう簡単に納得できるほど、彼女は大人ではなかった。けれど、朝の忙しい時間にいつまでも家族に不平不満を唱えるほど子供でもない。

今日もいつも通りに家を出て、いつも通りの電車に乗る。

カタンカタンと、電車は優しく揺れる。福子は一息つくと、また、考え始める。

少子高齢化、後継者不足。

千年変わることなき千年町（せんねんちょう）は、東京都の端っこ。

東京といっても、若者の姿は年々、減りつつあった。

いやだなぁ。去年は松村（まつむら）の駄菓子屋さんがなくなって悲しかったのに、今度はお春おばあちゃんのお煎餅屋さんがなくなっちゃうなんて……

世の中、不況なのだ。物が売れず、商店はどこも厳しい。

お春おばあちゃんは息子さんと暮らせて幸せだ。

仕方ない、仕方がない。

「仕方がない、仕方がない、仕方がないっ！　けど、なにかできないかなぁ……」

思わず口に出したら、隣のサラリーマンに変な目で見られる。福子は肩を縮めて、車窓へと視線を流した。

六月の薄暗い空には、重苦しい雲が垂れ下がっている。今にも一雨きそうだった。それはさながら、福子の心模様のようである。

しかしこんな天気でも、商店街のみんなはお客さんを出迎えるべく、開店の準備をしていることだろう。

雨の日も、雪の日も。

外観は古くても、福子が生まれた商店街は、優しくて温かい場所だ。そこから人が一人、また一人いなくなってしまう。

それはとてもさみしい。

とてもとてもさみしいなぁと、福子はそっとため息をこぼした。

あー、考えても仕方ないっ。気持ち切り替えて、仕事がんばろうっ!!

小さく一人うなずいた福子であったが、不況の風はデパートにも吹いていたのである。

昼休み。

バックヤードの休憩スペースでお弁当を広げていると、ベテラン販売員が深い深いため息をついていた。

「花枝（はなえ）さん。暗い顔をして、なにかありましたか？」

花枝はスマホを置き、頭痛をこらえるように目頭を押さえる。

「……ネットニュースに、丸八（まるはち）デパートさんが来年閉店になるって出てたのよ」

「えっ!!　丸八デパートって、大手の老舗（しにせ）デパートですよね!?　潰（つぶ）れちゃうんですか!!」

「銀座（ぎんざ）の本店はもちろん大丈夫よっ。閉店になるのは地方の店舗。でも、三店舗も閉店ですって。ショックだわー」

デパートは戦後、高度経済成長の波に乗り、全国に店舗数を増やしていった。しかし九十年代をピークに、売上は右肩下がりとなる。

特に、地方の店舗はアウトレットモールやスーパーに押され地元消費がさえず、ここ数年、閉店のニュースが目にとまる。

その変化を三十年間、誰よりも近いところで見守っている花枝は、チョコレートブラウンの髪の毛を一房、指に絡めながら独りごちる。

「デパートの売り上げの主戦力だった服飾は、昔のようには売れなくなった。うちはデパ地下が強いけど、単価が厳しいところ。若いお客様が減ってるのも、長い目で見るとまずいのよね。なにか、若い人も楽しめるようなイベントをやりたいところだけど――」

「イベント、ですか」

「ご年配のお客様も、若い女の子も喜びそうなイベントがいいわね～。福ちゃん、なにかやりたいことなぁい？」

「……わ、和菓子フェスティバルとか？」

「渋っ。あなた、本当に二十三？」

「い、いけませんかっ。和菓子が好きなんですよ！」

「いけなくはないけれど。和菓子フェスティバルというネーミングは、お洒落さや今時感に欠けるわ。和菓子じゃなくて、和スイーツ。さては、福ちゃん。流行りに興味がないタイプ？　スイーツを味わうために人気店に並んだりしない人ね」

「は、花枝さんは並んだりするんですか!?」

「もっちろんっ！　楽しいもの～」

お洒落でとても上品な花枝は、バイタリティに溢れた笑みを浮かべている。

「それにね？　今の流行りにアンテナを張って、自分で試してみるというのは、デパート販売員としての勉強にもなるのよ。お客様がなにを欲しているのか、外に出ないとわからないことってたーくさん！　あるのよねぇ」

実感のこもった重みのある言葉に、福子ははっとする。

「そうですね！　私、流行りの勉強します!!　お昼ごはん食べ終わったら、早速、ファッション誌を読みまくりますっ」

「あら～、すごい気合ね～」

「私、一日も早く、いい販売員になりたいんですっ！」

花枝は嬉しそうに、にっこりと笑う。

「いい心がけ！　さすが入社してすぐに、百万円も売り上げただけあるわっ」

「百万円……」

三日前。

恵比寿神が大量に購入してくれた、純チタン製二重タンブラーの売り上げは、なんと百万円以上になった。

福子がすごい売り上げをあげて、協力してくれた花枝たちは、たいそう喜んでくれた。

しかし、福子はあの売り上げは、恵比寿の温情もだいぶあったように感じていた。なによりも、

「あ、あれはっ！　花枝さん達が私に力を貸してくれたからっ。私なんてお酒の知識ゼロでお客様に笑われて！　それなのに、花枝さん達はいろんなことを丁寧に教えてくれたから！」

「なに言ってるの。あなたが、自分の目で商品を選んで、お客様にアピールできたからちゃんと売れたのよ？　もっと自信を持ちなさい」

叱るように言われ、福子は口を閉ざす。

自信。

自分はまだまだ未熟だ。しかし、自信は持たなければと思う。

自信を持って恵比寿翁に接客し、商品が売れたときの、あの高揚感。

あのときの気持ちをまた感じたい。お客様をもっと、もっと喜ばせたい！

福子は花枝をまっすぐに見つめた。

「――私、もっと成長できるように頑張りますっ!!」

そう深く誓った彼女のもとに試練が訪れたのは、それから数十分後のこと。

今日も無人の『七福神ご奉仕部』で、福子が購入したばかりのファッション誌を読んでいるときのことだった。

「福本くん、少しいいですか？」

珍しく松本がやってきたと思ったら、入ってくるなり福子を呼び寄せた。

上司の表情は険しく、顔色も優れないように見えたから、福子は首を傾げる。

「？　松本さん、顔色が悪いようですけど、どうしたんですか？　なにかありましたか？」

「なんでもありません。少し、風邪気味なだけですので……」

「はあ」

松本はどこか気の毒そうに福子を見つめ、軽く咳払いをした。

「福本くん。君には、今日から教育係がつきます」

「え⁉　私に、教育係さん、ですか？」

「ええ。手配に、『非常に』手間取りましたが、彼は、我がデパート一優秀な販売員です。同じ『七福神ご奉仕部』の先輩でもあります。ぜひ、多くのことを彼から学び取ってください」

「……っ。は、はい！！！」

　突然のことに驚いたが、福子はやがて頬を緩める。学びの機会を前に、両手を握りしめるのだった。

　松本曰く、福子の教育を引き受けてくれた男性は、非常に忙しい人らしい。

　今日も朝からあちこちのお客様のもとへ行かなければならないため、八百万百貨店に戻って福子と顔合わせをする暇はないとのこと。

　福子は『彼』に指定された神社に、指定された時間に向かうよう、松本に言われた。その際、くれぐれも遅刻などしないように、と厳しく言い含められた。

『一分でも遅刻すれば、『彼』は君を置いていきます』

　厳しい、人らしい。

そんなわけで、福子は待ち合わせの一時間も前に指定された『緋雨妙音天神社(ひさめみょうおんてんじんじゃ)』についてしまった。

「さすがに早く来すぎたかも……」

ハタハタ、と小雨が降っている。折り畳みの傘を揺らしながら、福子は緋色の鳥居を見上げる。

少しだけ、お邪魔させてもらおうかな。

小雨とはいえ雨の中、一時間ずっと立って待つのはつらい。福子は一つうなずくと、その場で神社に向かい深々と一礼した。

「お邪魔いたします」

古くより、鳥居は神様へと続く門と言われている。その鳥居が何十、何百と立ち並びトンネルのようになっている様を、千本鳥居という。

こちらは見事な千本鳥居だった。

鳥居の朱で、雨にけぶる世界まで赤く染まるようである。神秘的な光景に、福子は吐息をこぼして、参道の先を見つめた。

鳥居のトンネルの先には、一体なにが待っているのだろう？

そう思ったときだった。

「あれ？」

ふいに、なにか弦楽器の音が聞こえた。

空耳かな、と首を傾げたところに、また空気を震わせる低い低い音。

……ビィン……ビィィン……

波のようにゆったりとした音色は、次第に大きく大きくうねり出す。そして、そこに女性の歌声が加わった瞬間、福子は総毛だった。

それはすーっと心に染み入る、あまりにも美しい声だった。福子がこれまで聞いたことがないほどに伸びやかで、力強い声が耳朶を支配する。

なんて素敵！　一体、どんな人が歌っているの⁉

歌声は千本鳥居の出口のほうから聞こえてくる。

福子は可能な限り歩を速め――その光景を目撃した。

霞みがかった境内で、妙齢の女性が一人、歌っていた。

傘もささず、楽しげに。

どこか古風な和楽器の弦を爪はじき、緋色の衣を揺らして、全身で音楽を表現していた。

いや、彼女自身が音楽となっているようであった。

天へと高らかに響く、その美声。

福子は一時もその人から目を離すことができなかった。ただただ耽溺した。

歌っている曲は、まったく聞いたことがない。日本語なのかもわからない。それなのに、妙に懐かしい気持ちになって胸が締め付けられた。

慈雨に、心が洗われる。

不安なことも、嫌なことも何もかもが溶けてゆく。福子はぼんやりと、涙をこぼしていた。

はらはら、と。はらはら、と。

と、風が吹く。折りたたみ傘が、福子の手から抜け落ちる。

「っ……！」

物音に、女性は歌うのをやめる。福子を見た。

濃い睫毛に縁どられた、澄んだ双眸。気の強そうな唇が、ゆっくり笑みを刻んだ。

「ずっと、私を見ていたのか？」

「…………」

「声が、でないか？　私はお前に聞いておるのだぞ？」

女性の強い視線に、心臓が騒ぐ。福子の舌は、張り付いたように動かない。

「あ、の」

福子がなんとか声を絞り出した瞬間、ふいに、後ろから肩を叩かれた。

「っ……きゃあああ!!」

不意打ちに、福子は悲鳴をあげてしまっていた。

「――な、なんだ、一体⁉」

「す、すみませんっ。ちょっと驚いてしま……え、あ、あなたっ……！」

振り返った福子は、肩を叩いた相手をまじまじと見つめる。

知っている顔だった。

「どうしてここに？」

男性なのに女性よりも綺麗（きれい）な顔だち、スタイリッシュなスーツ。

紅を引いたように赤い唇を盛大にひん曲げていたのは、黒守克己（くろもりかつき）。その人だった。

「最低だ、お前……」

「な、なによっ。ちょっと驚いただけじゃない！」

克己は冷ややかな目で福子を見やり、自分の腕時計を福子の目の前にかざす。綺麗な爪がついた指で、文字盤をたたいた。

「その足りない頭でも、時計は読めるだろう。今は二時五分だ。お前は、二時に神社の前に来るよう、言われていたはずだ。なぜこんなところにいる？」

「え、嘘（うそ）！　もう待ち合わせの時間すぎてるっ！　――あれ、でもどうして、あなたが待ち合わせのことを知っている、の……？」

おずおずと上目遣いで見上げると、克己はまた舌打ちをした。

「松本さんが、お前を一人前の販売員にしてくれと頭を下げて頼んできた。俺はお前の相手をする暇などまったくないが、仕方なく引き受けた」

「あ、あなたが、私の教育係さん!?」

「そのつもりだったが、やめだ。社会人が遅刻などありえない。その上、遅刻したことを謝りもしない。人としても終わっている」

冷たく言い捨てられ、福子は慌てて頭をさげた。

「遅刻して、ごめんなさい！」

「もういい。俺もお前の相手などしたくないんだ。松本さんには、約束の時間に遅れたため、指導の話は立ち消えたと自分で説明しろ」

「そんな!! ま、待って！ ちゃんと謝るからっ。待ってください!!」

「謝罪などいらん」

すたすたと、来た道を引き返す克己に、福子は追いすがる。

「そのっ、私、約束の時間の一時間前にはついていたんですっ。でも少し時間をつぶそうと、神社のほうを歩いていたら、とても綺麗な歌が聞こえてきて。それが、あんまりにも素敵な歌声だったから、聞きほれてしまって。まさか、そんなに時間がたってるとは思ってなくてっ」

「――歌、だと？ まさかっ」

克己は急にあせった顔で、境内を振り返る。

どうしたのだろう。なにか、とても驚いている様子だった。

彼は境内のほうへと一歩戻ったが、ため息を零して静止する。

「マジかよ……」

「あ、あの、大丈夫ですか？　すごい顔をしてます、よ？」

「ああん？」

克己は眉間に深い深い皺を刻んでいた。その美貌が台無しなほどの渋面で、福子を睥睨してくる。

「おい。お前は歌を歌っている女性に、会えたのか？」

「……私、歌っている人が女の人って言いました？　あ、あなたも、女の人の声が聞こえたの？」

「聞いていないし、見ていない。いいから聞かれたことに答えろ。どんな人だった？」

　福子は彼がなぜそんなことを聞くのかさっぱり分からなかったが、素直に答える。

「ハーフかクォーターかな、という感じのすごい美人さんでした。目力が強くて、でもなにより、お歌が凄くて。ギターみたいな音色なんだけど、見たことがない楽器を弾いていました」

「それは琵琶だ、無知め」

「琵琶？」

克己は忌々し気に舌打ちをすると、本当に嫌そうな顔をしながら、懐からスマホを取り出した。

「念のためだ。お前、連絡先を教えろ」

「え？　わ、私の？」

「他に誰がいる。さっさとしろ、愚図、ノロマ、カス！」

「っ……」

福子は反論をぐっと堪え、自分のスマホを取り出した。しかし素直に従っても、克己は連絡先を聞いた意図を話そうとしない。

またさっさと歩き出してしまう。

福子にはもう興味がないといわんばかりの冷たい横顔が、福子を苛立たせた。

「ちょっと、あなた！　約束を忘れていたのは私が悪かったけれど、感じが悪すぎるっ。一体なんなの？」

「俺は忙しい。お前は帰れ」

「嫌！　私は、あなたから学んで、絶対にいい販売員になるんだから！」

心の底からの本気の言葉は、鼻で笑われた。

「お前、本当に、いい販売員になりたいのならば、もう少し勉強しろよ」

「あなたに言われなくとも、ちゃんと勉強してますっ」

「ほう。そんなに言うのならば、こちらの神社で祀られているのは、どんな神様か当然答えられるよな？」

「それは……これから調べようとしていたところで」

「甘い!!」

　厳しい一喝が轟いた。

「俺からの呼び出しを受けてから何時間たつ？　待ち合わせ場所を指定された時点で、こちらのご祭神様に挨拶をする可能性も考えられたはずだ。ならば、神社の来歴くらい調べるのは当然。この世にはスマホという便利なものがある。検索すれば数分で、そのレベルの情報を引き出せたはずだ。なぜやらない？　なぜ怠ける？　神様の外商員に抜擢されたという、あまりある僥倖に対して、胡座をかくような態度じゃないか？」

　克己はまくし立てると、福子を見下ろした。

「反論、言い訳はどうした？　なにか言わないのか？」

　人を小馬鹿にした物言い。

　しかし、彼が言っていることは、ぐうの音も出ないほどに正論だった。

　福子は両拳を握りしめて、深々と頭を下げる。

「黒守さんの、仰る通りです。これから気をつけますっ。ご指導ありがとうございます！」

「……あ、ああ」

福子は気づかなかったが、克己は少し驚いた顔をした。ほんの数秒だけ。

福子が顔をあげたときには、冷たげな顔で、冷たい目。

ふん、と鼻を鳴らし、素っ気ない物言いで、福子に話す。

「俺は、お前を認めていない。こんなハズレ女に、なにを教えても無駄だと感じている」

「……はい」

「だが、もし。万が一にも、お前を必要としている方がいらっしゃるというのなら、使ってやってもいい」

「は、はい！　何でもやります!!」

「おい！　俺に期待をするな、鬱陶しい。俺には、仕事を教える気はない」

傲慢に、八百万百貨店ナンバーワン販売員、黒守克己は言い放つ。

「仕事は盗むものだ。俺は誰にも教わらなかった。一人でのしあがった。まあ、甘ったれのお前には到底、できないだろうが、な」

克己はまた一人歩き出す。ついていこうとすると、拒絶される。

「でも私、いい販売員になりたいんです！」

「っ、帰れっ！　俺の仕事の邪魔だ!!　そういうことは、こちらのご来歴くらい調べてから言え!!」

「は、は、はい!!」

怒気閃くまなざしに、福子は竦み上がる。

そうだ！　まずやるべきことは、こちらのご祭神様を調べること。

そう頭の中のメモ帳に書いた福子は、克己に一礼する。

「ご指導ありがとうございます！　またよろしくお願いしますっ」

まったくめげることのない福子に、克己はぎりぎりと眦を吊り上げた。

「俺はっ、お前みたいな能天気な人間が嫌いだ。二度と、俺の前に顔を出すな!!」

お風呂からあがると、福子はノートパソコンを開いた。

時刻は午後九時である。いつも床につく十一時まで、あと二時間あった。

「えーと、緋雨妙音天神社。来歴で、でるかなぁ……」

福子は首を傾げながら、ポータルサイトに検索ワードを打ち込む。

目的のものは、思いのほかすんなり引っかかった。

『緋雨妙音天神社』のホームページは、トップページに美しい千本鳥居の写真が出てくる。

下にスクロールすると、『ご由緒』『アクセス』『年中行事』など見やすく項目が並んでおり、福子はその中の一つ、『ご由緒』をクリックした。

そこにはご祭神様について、わかりやすく記されていた。福子は内容を暗記しようと、口に出して読む。

「『緋雨妙音天神社』のご祭神様は、妙音天様となります。もともとはインドの神様でありましたが、やがて、音楽の神、言語の神となりました」

妙音天様。

それがご祭神様の名前らしい。七福神の中にそんな名前の神様はいたかなぁと、福子は疑問に思ったが、とりあえずさらに読み進める。

「その後、財宝、芸術、縁結びの神としての顔も持つようになり、とても幅広いご利益をもたらしてくれる神様になります。妙音天様は、美音天、大弁財天ともいい、一般的に広く知られている呼称は、弁財天かと思いますが……弁財天様⁉」

それは七福神の一柱。

七福神の中で唯一の女性の神で、音楽の神様だと記憶していた。

福子は記憶を確かめるべく、『弁財天』というキーワードも検索する。ネットの情報を読み漁って三十分後、机に突っ伏した。

「うう……神様ってたくさんのお名前があるし、いろんな宗派が混じり合って、難しいかも～」

しかし、とりあえず妙音天様＝弁財天様だと、頭に叩き込む。

福子は顔をあげ、神社のホームページに戻る。また一から読み直していると、ふと、妙音天様のイラストに目がとまった。

美しい、赤い衣を纏った女神。しなやかなその手には、弦楽器を持っている。

「この楽器って。もしかして、琵琶？」

ネットで調べると、弁財天が持っているのは琵琶らしい。

福子は昼間の素晴らしい歌を思い出す。次の瞬間、青ざめた。

「もしかして、あのお歌を歌っていた方って！　いえっ、そんなまさかっ。え、うそっ！

もしそうだったら、ど、ど、どうしよう⁉」

ぶつぶつ呟いていると、机の上で、スマホがブーブーッと震え唸った。

新着メールを知らせるランプが点灯している。

福子はひとまず心を落ち着かせようと、スマホに手を伸ばす。

「知らないアドレスだわ。でも、このメール……」

福子には悲しいことに、件名ですぐに誰か想像がついた。

件名：一秒でも遅れたら、殺す。

「…………」

えいやっとメールを開く。

彼が寄越(よこ)した本文は、ただ一行。指令は簡潔すぎるほどに、簡潔だった。

『明日、午後一時、『フェ・レメール』のジンジャーパイを持参し、『緋雨妙音天神社』に来い』

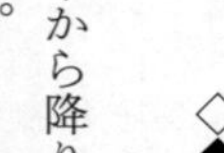

電車から降りると、福子は速足で改札口を抜けた。体当たりする勢いで、タクシーを捕まえる。

「緋雨妙音天神社に一時までにつきたいんですが、間に合いますか!?」

「微妙なところだね～、ちょっと今日は車の流れが悪いから。ごめんね？　約束はできないけど、できる限り、がんばるよ」

「……はい、お願いします」

人の良さそうなタクシーのおじさんに頭をさげ、福子は腕時計と睨(にら)めっこだ。

まさか、こんなに時間がかかってしまうとは！

克己が持ってこいと指示してきた『フェ・レメール』のジンジャーパイ。

『フェ・レメール』は吉祥寺(きちじょうじ)にある人気の洋菓子専門店だった。ジンジャーパイは毎日限定五十個のお店一番人気の商品と、ネットの口コミに書かれていたので、福子はいつもよりも一時間早く家を出た。

　その甲斐（かい）あって『フェ・レメール』の開店三十分前に到着できたのだが、到着した福子は目を疑った。

　平日の朝だというのに、店舗前にはジンジャーパイを求める長い行列ができていたのだ。呆気（あっけ）にとられた福子に渡された整理券の番号は五十番。なんと、最後の一つである。

　ジ、ジンジャーパイの人気、凄（すご）いっ。電車一本遅かったら、これは買えなかった～！

　開店した後もたいへんで、会計待ちで一時間を費やした。

　克己との待ち合わせ時間まで充分余裕があると思っていたのに、運悪く電車遅延まで重なり、時間はギリギリだ。

　遅刻したら、今度こそ！　今度こそっ、指導を打ち切られる～!!

　克己は嫌な奴だ。しかし、福子は自分が成長するために、彼の指導は必要だと感じていた。

　お願い！　早く、緋雨妙音天神社について～！

　福子の祈りは天に通じ、タクシーは待ち合わせ時間三分前に神社前に滑り込む。

「お客さん！　お釣りお釣りっ」

「すみませんっ。急ぐので、いらないです～!!」

転がり出るようにタクシーから降りた福子は、冴え冴えとした美貌の指導員と三度目の邂逅を果たした。

「時間、ギリギリか。俺を待たせるな」

「っ……お待たせしてすみません!!」

不平不満はぐっと呑み、福子は笑顔を作った。

「本日もご指導よろしくお願いいたします！！！」

克己はアタッシェケースを八百万百貨店の車から降ろすと、福子をともなって、緋雨妙音天神社の社務所へと向かった。

克己の整った面は無表情で近寄りがたい。加えて毒舌だ。

しかし、彼はおみくじやお守りを販売している巫女さんを見つけると、にっこりと微笑んだのだ。

「こんにちは、菊本さん。神主の近衛さんは、お手隙でしょうか？」

彼がただ少し口角をあげ、目尻を緩ませるだけで、その場に花が咲いたような華やかな雰囲気が広がる。

うわぁぁぁ、これはずるい。

『菊本さん』と呼ばれた巫女さんは、四十を超えたどっしりとした、貫禄のある女性だった。が、克己の微笑みを前にし、恥ずかしそうに目をそらす。

「八百万百貨店の黒守さん、でしたよね。すぐに近衛をお呼びしますので、そのままでお待ちください」

「はい、よろしくお願いいたします」

愛想よく話していた彼だったが、巫女さんの姿が見えなくなると途端に冷たい目に戻る。

福子に命じた。

「お前は俺の仕事の邪魔をしないように、声をかけるまで黙っていろよ？」

「…………」

変わり身の速さに、福子は絶句した。

しばらくすると、真っ白な髭に真っ白な髪の神主さんがやってきた。なぜか険しい目つきで福子を確認すると、克己へと視線をとめる。

「八百万百貨店の黒守でございます。本日は、美音様にお目通り願いたく、参上いたしました」

美音様、というところだけ、克己はひそめた声で言った。

近衛は唸るようにうなずく。応じているようにも、拒絶しているようにも取れる反応だった。

「……黒守さん、その女性が例の？」

「ええ」

「なるほど……」

一体、何がなるほどなのか？

福子は無性に聞きたかったが、克己の言いつけを守って黙する。ただ感じが悪くないように軽く会釈をすると、小柄な老神主に穴があくほどに凝視された。

値踏みをされているような、なにか憐れむような表情に見えた。

「お二人とも、美音様がお待ちです」

神主は背を向けて、二人を先導する。

静かに最後尾を歩きながら、福子は昨日、ネットで検索した弁財天の情報を思い出そうとする。

神様は時代や宗派によって、いくつもの呼び名がある。

弁財天様も例に漏れず、弁天様、妙音天様と複数の呼び名があった。福子の記憶は曖昧だが、他にも『美音天』という別称があったような気がしていた。

『美音』様か。——どなたか確認してみたいところだけど、喋るなと言われたし。お会いすれば、わかるよね。

「あちらのお堂になります」

　案内されたのは、神社の本殿のさらに奥。関係者以外立ち入りを禁ずるという札の先にある一角だった。

　こちらの建物はみな朱色が美しいが、他よりも一際、色鮮やかな小さなお堂が、福子の目に映る。

　と思うと、その中から若い女性の悲鳴が聞こえた。

「そ、そのようなところを触ってはなりませぬっ。み、み、み、美音様ぁぁぁ〜！」

　お堂の格子戸が内側から乱暴に開かれ、衣の乱れた巫女さんが飛び出してくる。

「さ、紗月(さつき)、なにがあった!?」

「っ……お、おじいちゃぁぁん！　美音様がつまらないからって、ふ、ふ、服を脱げって！　わ、私、恥ずかしくて！」

「な、泣くな。大丈夫だ。それはきっと、美音様のちょっとした冗談だよ？」

「だ、だって、美音様、私に色気が足りないって言って、あ、あんなところを、さ、触ってきてぇぇぇ……」

　今日は平日なので大学生だろうか。福子よりも若そうな巫女さんが自分の体をかき抱く光景を前に、克己は横を向いてため息。福子は呆気にとられて動けない。

「今までいろんなことがあった！　美音様の気持ちを理解しようとしたけどっ。私、もうっ、もうっ、嫌ぁぁぁ!!」

あげく、福子達には気づかず泣き出す始末。近衛がなだめ続けるが、如何せん、紗月は興奮状態でままならない。

すると、克己が動いた。

「紗月さんと仰いましたか？　そんなに泣いてはいけません。あなたのような可愛らしい人に、涙は似合いません」

「え？」

甘やかなテノールに、紗月は泣きぬれた顔をあげる。克己は自ら進み出て、彼女の前に跪いた。

「ああ、やっぱり。近衛さんのお孫さんは、とても可愛らしいお顔立ちですね。これで笑ったら、誰もが振り向く向日葵のような方だ。ねえ、笑ってください」

「……ふわぁぁ」

紗月はぽかんと口を開けて、克己の王子様のようにキラキラしい笑顔を見つめる。滑らかな頬が、真っ赤に染まっていく。

……あ、まずい、と。端で見ていた福子は思った。

「え、え、えぇぇぇぇ!?　な、なにこの人、すっごい、かっこいい!!」

「これっ、紗月！」

近衛が慌てて、紗月との間に割って入る。紗月に着替えてくるように命じた。

「えー、おじいちゃぁぁん、もう少しここにいさせてくれても！　その、そちらのお客様をご紹介し」

「そんなみっともない恰好(かっこう)で、嫁入り前の娘が人前に出るんじゃない！　いいから、さっさと下がりなさい!!」

紗月は克己を未練がましそうに見ていたが、祖父に睨まれて退散する。老神主は疲れた様子でため息を零(こぼ)した。

「はあ……紗月のミーハーというか、我の強いところは、一体、誰に似たのやら。それにしても、美音様は、本日もご機嫌ななめか」

近衛の独り言に、克己は一瞬、顔をしかめる。腕組みをして何やら考えているようだったが、すぐに元の愛想の良い笑顔に戻って、水を差し向ける。

「事情はよく分かりませんが、女性は多少我(わ)が儘(まま)なほうがチャーミングですよ。僕は美音様に久しぶりにお会いできるのが楽しみですね」

「ああ！　お恥ずかしいところをお見せしてしまって。それにお待たせしてしまって大変申し訳ない。どうぞ、こちらへお進みください」

近衛は冷や汗を拭(ぬぐ)うと、朱色のお堂に踏み込んだ。

いよいよだ。

福子はごくりと唾（つば）を飲み込み、二人の後に続いて入る。

お堂の中は、異国情緒溢（あふ）れた布が仕切りとして垂れ下がっていた。

朱色や金。

華やかな空間にはお香が焚（た）かれており、なんともいえぬ良い匂いが立ち込めている。

「来たか」

その御仁は、長椅子に優雅に寝そべっていた。

緋色（ひいろ）の衣を身に纏（まと）い、琵琶（びわ）を我が子のように大事そうに抱いている。そして、言葉を失うほどの、色香。

それはまさに、雨の中で素晴らしい歌を歌っていた女性だった。

……やっぱり、神様だったんだ。

「美音様、八百万百貨店より、黒守克己様と、福本福子様がいらっしゃいました」

「お久しぶりです、黒守でございます。美音様は、相変わらずお美しい。また、お目にかかれて光栄でございます」

「はっは！　克己も相変わらずの色男ぶりだ。紗月のはしゃいだ声が、ここまで聞こえてきたぞ」

「紗月さんは、ずいぶんとお若い巫女さんですね。僕ははじめてお会いしましたが、美音様の新しいお世話役となるのでしょうか？」

「さて、どうだろう。近衛はそのつもりのようだが、子供だからすぐに泣いてしまうんだよ。いつまで続くかな」

まるで他人事のように、美音は言う。近衛は痩せた頬を引きつらせて反論した。

「紗月はたしかにまだ子供です。しかし、あの子はあの子で一生懸命、美音様に向き合おうとしています。それなのに、美音様は意地の悪いことばかりして。一体、紗月のなにが気に食わないというのですかっ」

「ああ、いやだ。うるさいことを言わないでおくれ？」

美音は鬱陶しそうに首を振る。

「別に気に食わないことなど、ありはしないさ。ただここは、閉ざされた変化が少ないところだからね。退屈の虫がうずうずと喚きだして、ついつい、紗月をからかってしまうのさ」

それは迷惑な。

福子は心の中で、そっと呟く。

それが聞こえたかのように、美音と視線がぶつかった。福子はドキリとする。

神は人の心が読める。

ずっとそう思っていたが、それは福子の勘違いだった。少なくとも、翠天宮神社の恵比寿神は否定した。

『福子、神や仏いうても、そう万能ではない。人の心を読むなんて、とてもとても。ただ、人の子がわてらに心の中で話しかけたり、願い事をすれば、その声は届く。わてらは人の悩みを聞く存在やさかい』

『でも、話しかけていないのに、心の声が届いたことがあるんですが……』

『んー、福子の表情から、内面が読み取れたんとちゃうん？　福子は思ぉてることが顔に出るさかいなぁ』

『いえ、思ったことがそのまま伝わっている気がしました』

そう言うと、ようやく恵比寿は興味をもったように、ふむ、と唸った。

『……ほうか。そやなぁ、お相手の神さんがよっぽど力が強くて、よっぽど福子と縁があれば、そういうこともあるかも、しれんなぁ』

白い眉をいじりながら、天を眺める。

『わてにも、昔、そういうことがあったわ。――ええなぁ』

ええなぁ、と恵比寿翁は、少し羨ましそうな顔をしていた。

まあ、ともかくっ。私の心の中は、七星神社の福禄寿様以外には、漏れていないはず！

堂々と、落ち着いて!!

美音の強い視線を受け止めながら、福子はなるべく上品に会釈をする。

青い宝石のような瞳を輝かせ、美音は軽やかに福子に近づいた。

「昨日、私を見ていたね」

「……ふ、福本福子と申します」

「名前は近衛から聞いた。それよりも。お前は、私の何なのだろうね」

「…………はい？」

「昨日は心が晴れやかで、ずいぶん久しぶりに歌いたい気分になったのだよ。それを人の子に見られた。それはつまるところ、縁ということだ。お前は、私のなんなのだ？」

「も、申し訳ございません。仰っている意味がよく……」

美音がなにを言っているのか分からず困っていると、福子の隣で、克己が老若男女問わず魅了する微笑みを浮かべた。

「美音様。福本のことは、美音様の退屈を紛らわせるための『玩具』と、お思いくださって結構でございます」

「へ……？」

美音はきらりと目を輝かせて、笑う。

「ほう、克己。そのようなことを、軽率に言って良いのか？」

「もちろんでございます。根性だけは据わっておりますゆえ、多少のことで泣いて逃げたりいたしません。そうだな、福本」

「っ……」

勝手なことを言われた福子は、ぱくぱくと口を開閉する。

玩具ってなに⁉　勝手なことを言うなぁ、腹黒男ー‼

猛然と反論したかったが、お客様の前でそんなことできるわけもない。

「はい、もちろんでございます。美音様、私に何なりとお申し付けくださいませ……」

「そうか。良い心がけだな。それならばまず」

美音は豊満な胸を抱くように腕組みをし、福子のすぐそばまで来る。上目遣いで要望を告げた。

「一糸まとわぬ姿になってくれ」

「……っ！　い、一糸まとわぬって‼」

「裸、ということだな」

克己がくつくつと笑うので、福子は思わず彼を睨みつける。そこへ、さらに絶望的な美音の言葉が続いた。

「最近、人の体をキャンバスに描いたという、アート作品を見てなぁ。私もやってみたい気分に、今日はなっているのだよ。それで紗月を脱がそうとしたんだが、見ての通り逃げられてしまった。あの子の代わりをしておくれ」

「美音様はお歌だけではなく、絵もお描きになるのですか。たいへん素晴らしい！」

克己は完全に面白がっている。福子はすがるように老神主を見るが、そっと視線を外される。

「お前たち、席を外していなさい」

「「かしこまりました」」

男性二人は、憎らしいほど素直に美音に従った。一人残された福子は、自分の体を見下ろす。

……美音様は、女の人だし、神様だけどっ。これも、これも仕事だけど！　なんで脱いで、その上、お絵かきされないといけないのぉぉぉ。

「おいで、福子。脱がせてあげよう」

「い、いえ！　そんな！　……そのっ、お手を煩わせるのは、申し訳ございませんのでっ」

「そんな風に嫌がられると、余計に脱がしたくなるものだよ？」

……美音様はサドっけのある方のようだった。

福子は美しい女神に強引に手を取られ、長椅子にエスコートされる。接近すると、脳が痺れるほどの良い匂いがした。

赤いひらひらとした衣が、美音の豊満な体をより妖しく彩っている。

「美音様は、スタイルがとてもよろしいですね。私みたいなのを脱がさずに、ご自身をキャンバスにされたほうが」

「お前、わかっていないなぁ」

ふいに、美音は酷薄に笑った。昨日、歌を歌っていたときとは別人のように昏い瞳を目前にし、福子はぎょっとする。

「私は、退屈なのだよ。絵を描きたいなんて口実さ。本当のところは、恥ずかしがって嫌がる人の子の姿が見たくなっただけ。ここは、とてもとても、退屈だからね……」

気のせいだろうか。

そのとき福子には、華やかな女神がひどく寂しそうに、不安そうに見えたのだった。

「美音様。美音様はなぜ、退屈にされていらっしゃるのですか？　——私に、何ができますか？」

「福子……」

福子の真剣な問いにも、昏い瞳が崩れることはなかった。

「脱がせてあげるから、力を抜いて楽にしていなさい」

「……はい」

福子は諦めた。諦めざるを得なかった。

しかし、福子のブラウスのボタンを外そうとしたところで、女神がふいに動きを止める。

「これは、まさか！　まさかそんなことがっ！」

なにに驚いているのかと視線を追うと、美音の目は、福子が持ってきた紙袋に釘付け(くぎづ)になっている。

「あ、それは、手土産にお持ちしたお菓子……」

「吉祥寺『フェ・レメール』の数量限定ジンジャーパイか!?」

「よ、よくご存じですね。美音様は、甘いものがお好きですか？」

「っ、大好きだ!!」

美音は福子から離れると、紙袋を両手でとり、宝物のように天にかざす。しばらくそのままで静止すると、おもむろに福子を振り返った。

食べたい、と。

目がきらきらしている。数分前までどこか苦しそうな様子だったというのに、おやつをせかす子犬のような表情だった。

「……すぐに、お取り分けします」

福子は冷静に返答したが、内心、ぺたんこな胸を撫(な)でおろす。

『フェ・レメール』のジンジャーパイ、万歳！

とりあえず、危機をくぐり抜けたようだった。

華奢なフォークが、パイ生地を切り崩す。甘く煮たジンジャーの、スパイシーな香りが鼻腔をくすぐった。

ふっくらと肉厚な唇で吸い込んで、女神はほぉぉぉと恍惚のため息をつく。

「なんて素晴らしい！　この世にこんな至宝があるなんて、信じられない……」

うっとりとした、その表情。

ご満悦な美音様のそばでは、克己が給仕をしている。

「ご満足いただけて何よりでございます。二年前に、美音様から『マリアンヌ夫人』のスイーツ紹介ブログを読んでいると伺っておりましたので、急遽、ブログのおすすめスイーツを買いに行かせた甲斐がありました」

「そんな話をしていたか！　よく覚えておいてくれたなぁ」

美音様は驚きつつも、とても嬉しそうであった。

「『マリアンヌ夫人』のブログ記事は、どれもこれも涎が出そうなスイーツの写真、文章で、今も私の退屈を慰めてくれているよ。ときどき神社の者を買いにいかせるんだが、行列店のものはなかなか手に入らない。私が自分で並べたら良いのだけどね？　近衛が許してくれないのさ」

「っ！　美音様はそのようなことをしなくて良いのです。あなた様がここを離れるということは……！」

「まあまあ、近衛様。美音様、近衛様は心配されているのですよ？　そうですね。もし美音様に食べたいスイーツがありましたら、我々がどうやってでも手に入れてきます。いつでもお声がけくださいませ」

「本当か！」

「もちろんでございます」

「む。その言葉、覚えておこう」

「ありがとうございます！」

——すごい。

美音と克己のやり取りを、福子は聞き入っていた。

克己の、お客様を気持ち良くさせる喋り方、お客様にまた呼ばれるきっかけの作り方。

スイーツ一つで、こんなにも場の空気が変わってしまうなんて。

感心しきりの福子の前で、八百万百貨店ナンバーワン販売員は控えめに、本来の目的を切り出した。

「本日は、スイーツの他に、美音様のお好きなブランドの洋服の新作をお持ちしております。召し上がりながらで構いませんので、ご覧になりませんか？」

「ん、よいよ？　持っておいで」

「ありがとうございます。すぐにお持ちしますので、美音様、近衛様、そのままごゆるりとご歓談ください」

克己は優雅に一礼すると、福本さん、と柔らかな声音で福子を呼び、ついてくるよう求める。

その、あまりに優しげな言い様に、福子の鼓動は速くなったほどだ。

しかし二人きりになった瞬間、克己の表情は厳しく厳しく引き締まる。真剣な眼差しに、福子は息を呑んだ。

「ついてこい」

克己は足早に車まで戻ると、素早く後ろのトランクから商品を取り出す。

その数、ざっと五十は超えよう。

ビニールで綺麗に包装された、たくさんの洋服。素敵なものが詰められているだろう、天鵞絨のアクセサリーケース。お洒落なスカーフや、小物類。

なぜか、最新モデルのタブレットまであった。

「あの。このタブレットも、美音様にお見せするんですか？」

「あの方は、世間の流行りに敏感だ。電化製品にも興味を示される」

返答は事務的で素っ気なかった。

克己は大量の商品を両手で持って、素早く優雅に歩きだす。

慌てて福子も、彼に置いて行かれないよう商品を持っていく。ただ商品を運ぶだけなのだが、数多くの商品を一度に運んだことがないので四苦八苦した。その上、間違っても落としたりするわけにはいかなかった。なにせ。

ちらっと見ただけだけど、お洋服のブランドのタグ、エルメスだったような……？

ハイブランド中のハイブランドである。

一体、今自分は総額いくらの商品を運んでいるのか。

本日もリクルートスーツを着ている福子は戦慄（せんりつ）すると同時に、本当に、こんな高額商品が売れるのだろうか、と懐疑的に思う。

神様とエルメス。水と油のような取り合わせだ。

しかし、福子の予想は良い意味で裏切られる。

たくさんの素敵な洋服を目にするなり、美音様は黄色い悲鳴をあげたのだ。

「近衛っ、見てくれ！　このエルメスの新作ワンピースっ。凄（すご）いぞ？　生地は上質なシルクで軽い。色も私が大好きな深紅だ。絶対に私に似合う。私のために作られたような洋服だろう？　ああ、こっちのも素晴らしい。私が普段着ない色だが、すごく綺麗なブルーだ！　着てみたいっ」

「ああ……久しぶりに美音様の浪費ぐせが爆発してしまった」

老神主は小さな声でぼやいたが、それでもどこか嬉しそうに美音様のショッピングを見守っている。

美音様が洋服やアクセサリーを一通り見終わり、どれを購入するか検討の段階に入ったところで、克己は恭しく申し出た。

「美音様、こちらは今たいへん品薄で入手困難となっている、おすすめ商品になります」

克己がそう言って見せたのは、先ほどのタブレットだった。

まったく興味を示さないだろうと思ったそれにも、美音様は目を輝かせた。数秒後、福子は克己との販売員としての格の違いを思い知ることとなる。

「克己よくわかったな！　私がブログを見るのに使っているタブレット、そろそろ買い換えようと思っていたところなんだよ」

その日から、福子は克己の午後のお客様訪問に同行することとなった。
克己は『七福神ご奉仕部』のエースだが、神様だけでなく、富裕層の人間のお客様も担当していた。むしろ数としては人間のお客様のほうが多い。

福子ははじめて、人間のお客様と接する機会を持てた。

克己はおば様たちから大層な人気で、何百万もする宝飾品から、細々としたキャラクターグッズまで何でも売りさばいた。その売りっぷりは、端で見ているだけでも凄まじく、福子は克己の仕事ぶりを懸命に盗もうとした。

まず、克己はお客様とよく雑談をする。商品はもっていかず、ただお客様と会話をしに行くことすらある。

天気や流行の話。最近あった困ったこと、これから楽しみにしていること。

そんな他愛もない話を、お客様に気持ちよく喋らせるのが非常にうまかった。克己はその会話の中からお客様がこれから必要とされるものを予測し、時機を見計らって持っていく。

『あら、よくわかったわね。ちょうどこれを頼もうと思っていたの』

それは販売員として最高の賛辞かもしれない。

福子は自分もそんなふうに言われる販売員になりたいと思った。

はじめ最悪な印象だったが、福子はいつの間にか克己を尊敬の眼差しで見るようになっていった。

彼の対応には無駄がなく、全てが完璧で、福子の想像を上回ってくる。特に驚いたのは、囲碁が好きな寿老人様への対応だった。

寿老人は、七福神の一柱。

この神様もやはり一筋縄ではいかなかった。

克己は囲碁の相手をしながら、それとなく商品をすすめたがとにかく反応が鈍い。

それもそのはず、寿老人様は質実剛健、質素倹約。物に興味がないご様子だった。克己はどうするのだろうと思って見ていたら、意外なところを攻めてきた。

『寿老人様は、囲碁がお好きですね。しかし、大変失礼ながら、僕のほうが囲碁の腕は上のようです。そこで、是非、囲碁が確実に上達する商品をご提案させていただきたいのですが』

『いやいや、黒守さん。物欲の乏しい儂にも、大好きな囲碁をもっとうまくなりたいという欲はありますよ？　でもねぇ、高級な碁盤なんかはいらないから』

福子も碁盤かなにかをすすめるのだろうと思った。しかし、素っ気なく拒絶された克己は、勝利を確信した笑みを浮かべる。

『僕がご提案するのは、碁盤ではございません！　碁のプロ棋士をこちらに派遣させていただきたいのです』

これには寿老人も、神社の人間も呆気にとられた。神様の姿は、普通の人間には見えないのである。

『ですから、僕が寿老人様の代わりとなって、プロ棋士と碁を打ちます。寿老人様は僕を通じて、プロから指導を受けるのです。ねえ、楽しそうだと思いませんか？』

自信満々に言われて、寿老人は落ちた。

『そんな商品をすすめてきたのは、あんたが初めてだよ』

楽しそうに笑う寿老人とは対照的に、福子は言葉も出なかった。

販売とは今ある商品から素敵なものを選び、おすすめすることだと思っていた。しかし、克己はその常識を超えて、自分で商品を作り出してしまう。

本当にすごい人だと、福子は思った。

三年前に入社した販売の先輩。

しかしその差はあまりにも大きく、福子は己の未熟さを痛感するのだった。

梅雨晴れの休日。

福子が七星神社を訪れると、呆（あき）れたような幼い声に出迎えられた。

「福子、また来たのか？」

「お邪魔します、福禄寿さま！　また来ましたっ」

恵比寿神とのことを相談に乗ってもらってから、福子はたびたび、七星神社を訪れていた。

目的は掃除である。

七星神社の神主は老齢なためか、もともとあまり見かけなかった。ご奉仕部の人間になったのでご挨拶したいところなのだが、最近はまったく遭遇できていない。

そのせいか、境内は荒れていた。手水舎の柄杓が壊れていたり、お賽銭箱に埃がたまっていたり。

福子は自分ができる範囲で、掃き掃除と拭き掃除をしている。福禄寿と時折、世間話をしながら。境内が綺麗になると、少しだけ心が軽くなるのが気に入っている。

しかし、福禄寿神は福子の訪問を最近、嫌がるようになっていた。

「せっかくの休日というに、お主にはデートをする相手もおらぬのか？　まったく、嘆かわしい」

「そ、そんなこといいじゃないですか」

「よくない。我は福子の神じゃ。福子が心配でならんのじゃ！」

「今は、そういう気分になれないんです！」

福子は濡らした雑巾を、きつく絞る。きつくきつく。

今は仕事で手一杯だ。

翠天宮神社の岩木から、昨日、タンブラーの追加注文があった。思いのほか、売店での売れ行きが良いのだという。それはたいへん喜ばしいことだが、福子はもっとたくさんのお客様を満足させたかった。

福子の脳裏に、お客様に信頼された克己の姿が過ぎる。

私とあの人は違う。比べる必要なんてないんだけど。

福子は目の前に集中しようと、欄干を拭く雑巾に力をこめる。

「そうか、福子はまた仕事が大変なようじゃな……」

福禄寿はそう静かに言って、狛犬の台座に飛び乗った。

緋色の着物の裾が、宙にひるがえる。おかっぱボブの後頭部を視界に入れながら、福子は無心で掃除に励む。

午後二時。

風が優しく、天気の良い日だった。

境内の隅では大亀が首を伸ばしながら口をぱくぱく開閉し、白鶴は広げた羽の内側を啄んでいる。

青空の下で、福子は穏やかで静かな時間を過ごしていた。

雑巾から箒に持ち替えて、湿った地面を掃き清める。福禄寿が座っている狛犬の台座のそばに近づいたとき、ふと、以前から気になっていた疑問を口にする。

「なにか、面白いものは見えますか？」

福禄寿はよく狛犬の台座に座って、遠くを眺めている。

そこからは下町の古い家々が望めるから、神様の目には、町の人達の営みが見えるのではないかと思っていた。

その上、今日はやけに真剣な顔をしているように見えたから、聞いてみたくなったのだった。

「福子……」

しばらくして、福禄寿はポツンと呟(つぶや)いた。

「春が、泣いておるよ……」

「……え」

福子も思わず下町のほうを見る。遠くに、お煎餅(せんべい)屋さんのかすれたオレンジ色の屋根。

福禄寿は狛犬の台座から飛び降りて、境内へと歩き出す。

「あのっ。春って、お春おばあちゃんのことですか？　泣いているん、ですか……？」

「……ああ」

福禄寿は福子に背を見せたまま、空を仰いだ。

「春は、この地を離れがたいんじゃ」

福禄寿の表情はうかがえない。けれど、どこか悲しげな響きに、福子の胸は締め付けられるようだった。

「福禄寿様、なんとかできないんですか⁉」

「無理じゃ。春は、家族といっしょに暮らすことを選んだ。人の思惑に、我は干渉できぬ」

淡々とした声。

硬質ささえ感じられる、理知的な声だった。

福子は歯を食いしばって、箒を握りしめた。

きっと、福禄寿が無理というのなら無理なのだろう。しかしどうにかできないものかと考えてしまう。

この下町が大好きなのに、みんなを引き止められない。私がまだ若いから？　私にもっと力があれば……！

と、ふいに。

『お前さ、向いてないよ』

ぞっとするほどに冷たい声音が蘇る。

それははじめて克己と出会ったときに、投げつけられた言葉。

あの日、さんざんに馬鹿にされた。お前はこの仕事に向いていない、と。教育してもどうにもならない、と。

あのときは強く反発できた。でも今は、

「私、今、すごい先輩といっしょにお仕事をさせてもらってるんです……」

福禄寿は歩を止め、振り返る。透き通った瞳(ひとみ)は、急にどうしたんだ？　と問うていた。

それに背を押され、言葉を重ねる。

「どんなに気難しいお客様が相手でも、彼は素敵な商品を用意して笑顔にできるんです。仕事に真剣に取り組んでいて、私は足元にも及ばなくて」

「福子、なにが言いたい？」

「私、子供のころからずっとデパート販売員になることが夢でした。素敵な商品で、お客様を笑顔にしたかった。でもっ！　私、ぜんぜんダメなんです。彼を見てると、本当に自分の至らなさが見えてきて」

胸が苦しい。

ずっとずっと考えないようにしていたことが膨らんで、その言葉が今まさに唇から弾(はじ)け飛ぼうとした瞬間、福子は見た。

福禄寿の苛立(いらだ)った瞳を。

一気に頭が冷える。

「……あ」

自分は今、なにを言おうとした？　言ってはいけないことを、自分は言おうとしていた。

仕事が向いていない、とか。やめたい、とか。

しかしそれは自分の本心ではない。それは、甘えだった。

きっと福禄寿ならば自分を励ましてくれると期待して、気を引くようなことを言おうとしていた。

目の前で福禄寿様が落ち込んでいるというのに。なんて自分勝手で、甘えているのだろう……

「も、申し訳ございません……福禄寿様……」

恥ずかしさと申し訳なさで、頭を下げたまま微動だにできなかった。

沈黙が落ちる。長い長い、沈黙だった。

福禄寿をまた怒らせてしまったのだと感じ、福子は何も言えなかった。

どれだけ時がたっただろう。

長い、ため息が聞こえた。

「お主は良いなぁ、皆に必要とされて。そのようにいっぱいいっぱいになるほどに、頑張ろうと思えるのは、お主の周りに、お主を必要とする者がおるからじゃろう……」

それはひどく羨(うらや)ましそうな声音。

福子が顔をあげると、福禄寿は下町のほうを見ていた。

「人がまた、我のもとから去ってゆく……さみしいのう。また、我は見送るしかできぬのか……」

「福禄寿様……」

　福子はなんと言えば良いか、わからなかった。

　福禄寿が振り返って、何かを確かめるように、福子の名を呼んだ。

「福子？」

「は、はい！」

　一人ぼっちの神様は、哀しみも、怒りもない静かな表情をしていた。

「忘れるな？　我も客じゃ。お主のはじめてのお客様じゃ。我が、『灯り』を必要としていることを、決して、忘れるでないぞ……？」

　翌日、福子は朝一で並んでゲットした人気店の限定スイーツをたずさえて、千本鳥居の前に立っていた。
　一人である。
　昨夜遅く、克己から連絡があったのだ。
『美音様は、急に女子トークがしたい気分になったらしい。お前一人だけ寄越せと言ってこられた。――くれぐれも、粗相はするな！　なにかあったら殺す！』

どんな理由であれ、美音様に必要とされたのは嬉しかった。本来ならば、福子はもっと大喜びして、もっと張り切っていた。それができないのは、

荒れた境内、参拝客の乏しい七星神社。

下町を去っていくお春おばあちゃん。

ただ見送るしかできないと、寂しげにこぼした福禄寿様。

これから仕事だというのに、ついつい、昨日のことを考えてしまう。

福子は『緋雨妙音天神社』の境内に踏み込むと、両頬を自らの手で叩いた。

美音様がお待ちしているっ。私のことを！　その私が、今やるべきことは？

「私が、すべきことは……」

脳裏に克己の姿が浮かんだ。完璧で、正しい販売員としての姿が。

福子は巫女さんを見つけると、にこやかな笑顔で取り次ぎを頼む。

いつも克己がやるように。

自分にも克己のようにお客様を喜ばせることができると、揺らぎやすい己の心に言い聞かせて。

今、自分がすべきことは一つ。

──真っ向から、仕事に向き合うことだった。

「悪かったね、急に呼び出して。驚かせてしまったんじゃないか？」

スイーツ効果か、美音様は上機嫌だった。

老神主の近衛を退室させ二人きりになると、白魚のように美しいお手で、福子のティーカップに紅茶を注ごうとするほどだった。

「あ、いえ！　そんなことを美音様にされてはっ。私がやりますので!!」

「ふふ、いいじゃないか。恐い克己もいないんだ。たまには羽を伸ばしたらどうだ？」

笑って言われて、福子はまじまじと美音様の顔を見た。

「あの。私は黒守さんを恐がっているように見えましたか？」

「まあな」

美音様は二人分のお茶を注ぐと、くつろいだ様子で大きく息を吸い込んだ。

「いい香りだ。今日はとっておきのアールグレイを開けさせた。福子も楽しんでくれ」

花弁のごとき繊細なふちのティーカップに口を近づけると、柑橘系の爽やかで落ち着いた香りがする。

福子は自然と肩の力が抜けるのを感じた。

「仕事は、どうだ？」

しかし優しげに聞かれて、福子は目を白黒とさせてしまう。

美音様は天気のように気まぐれな方だ。少し前まで楽しそうにしていても、急に不機嫌になったり、意地悪な事を言ったりして私を困らせてくる方。

機嫌が良くて優しすぎるのが、なんとなく恐いような。でも、ここで黙っているのも失礼になるだろうし。

ぐるぐると思考し固まる福子を見て、美音は眉(まゆ)を寄せた。

「すまんな、逆に気を遣わせているようだ」

「い、いえ！」

「本題に入ろう。今日はな、紗月へのプレゼントを見立ててもらいたくて呼んだんだ。いくつか候補がある。少し意見を聞かせてくれないか？」

「……私は、女子トークをするために呼ばれたわけではないんです、ね？」

「それは近衛と克己を遠ざけるための方便さ。あいつらは、融通のきかないところがあるからね」

美音様は悪戯(いたずら)っぽく笑う。ふっくらとした美しい唇に、人差し指をそえ、しーっと囁(ささや)いた。

「あいつらには、内緒で買いたいのさ」

「内緒、ですか」

「ああ。秘密のプレゼントで、紗月をびっくりさせたいのだよ」

福子が返答に迷っていると、美音様は表情を曇らせた。どこかサバサバとした口調で、腹の内を明かした。

「この間、私は紗月を脱がそうとしただろう？　それですっかり、あの子はヘソを曲げてしまったのさ。あの子は私のことを、美音様ではなく、妙音天様と呼ぶのだよ」

「不勉強で申し訳ありませんが、どちらも、美音様のお名前ではないのですか？　妙音天様と呼ぶのは、失礼にあたるのでしょうか？」

「失礼ではないが、私は、美音様と呼ばれるのが好きなんだ。いや……その名に、縋っているのかもしれない、ね」

縋るなんて、あまりにも美音様らしくない言葉だった。

福子が目を丸くしていると、美音はどこか遠くを見るような目になった。

「私が歌っているのを聞いただろう？　歌声を、どのように感じた？」

「──それは！　たいへん美しい歌声でした。琵琶の音色も素晴らしく、私は感動で泣いてしまいました！」

嘘偽りのないまっすぐな称賛に、美音は満足げに笑う。

「ありがとう。『美音』という名はね、美しい音を奏でる者、と。私の歌を聞いた者が褒めたたえて、つけた名なのだよ。私は、そう呼ばれるのが好きだった」

懐かしむように、美音様は目を伏せて、ティーカップを傾ける。

「けれど、今の私はあのときのように、歌いたいとは思わなくなってしまった。歌は私と常にともにあり、息を吸うように自然と湧き出でたというのに。――今では、全てが億劫だ」

「そんな！」

美音様の瞳が昏く、陰る。

「私は縛られているのだろう。窮屈な社に納められて。近衛も紗月も可愛いけれど、それとは関係なく自由を求める気持ちが、私を膿んでいるんだろうよ……」

それは恨み言というには、淡々と、淡々と。

福子はなんともやるせない気持ちになって、胸元で拳を握りしめる。

「でも、あなたのお歌は本当に素敵でっ、私はもっと歌ってほしいです！　私にできることっ、なにか、なにかお手伝いできることはありませんか!?」

必死な形相の福子を前にして、美音様は目を丸くした。おかしそうに吹き出す。

「悪かった、福子。冗談だ、冗談」

「へ……？」

「お前が、あまりにも素直でまっすぐだから、からかっただけだよ」

「……はあああ！」

　大声を出してしまってから、福子はお客様相手にムキになってはいけないと己を戒める。

だから、自分の気持ちに気を取られ、美音様の寂しげな呟きを聞き漏らしてしまった。

「まぶしいほどに、まっすぐだ。お前は、『あの子』に似ているよ」

「……美音様、なにか仰いましたか？」

「いや、なんでも」

　美音様は先日購入したばかりのタブレットを取り出し、福子に画面を見せる。

「紗月のプレゼント候補だ。若い娘たちの間では、こんなものが流行っているらしい。どう思う？」

「拝見させていただきます」

　エルメスのワンピースを身に纏い、最新タブレットを操る美音様のセンスは、流石の一言だった。

「こちらのターコイズがあしらわれたアクセサリー、紗月さんに似合いそうですね。こちらの部屋着もとっても可愛いです！　――なるほど！　最近NYから日本に上陸したブランドなんですか。流行を先取りしていて、大変、喜ばれるかと思いますっ！」

　美音様は福子より流行に敏感で、物を見る目も確かだった。

　福子は感服して、美音様の見せてくれるプレゼント候補を見ていたが、最後の一つで思わず眉を寄せた。

「……これ、ですか？」

「ああ。それは、紗月が最近ハマっているミュージシャンでね。渋谷でワンマンライブをやるらしい。紗月が行きたいと言っていたから、ちょうど良いと思ってなぁ」

　聞いたことがない、男性三人組バンドのライブチケットだった。

　ミュージシャン紹介の写真には、派手な感じのイケメンたちがうつっている。たしかに、紗月は喜ぶかもしれない。

　しかし一つ、大きな問題があった。

　ライブの日付が三日後なのである。

「えーっと、これはこのサイトで購入手続きをして、コンビニで支払い、チケットを発券するんですね。もしこれにするなら、すぐに取りにいかないと、ですね……」

「私はこれが一番いいと思っている。頼めるか？」

　ここで否という販売員がいるだろうか。

「はい！　もちろんでございますっ」

　紗月のプレゼントはチケットの他に、ＮＹブランドの部屋着が採用される。そちらは商品が確保でき次第、お届けすることになった。

美音様は一仕事終えたというように、気だるげに首を回した。

「そうだね。部屋着のほうは、克己に話してもよいよ？　私が使うといえば、納得するだろう。でも、チケットのほうは内緒にしておいておくれ？　紗月へのプレゼントだとバレてしまう」

「お約束いたします。チケットはいつ、お持ちいたしましょう？」

「明日の昼、またここにおいで。今度は本当に女子トークをしよう」

楽しそうに笑う美音様につられて、福子も笑い返す。今日は美音様がご機嫌で良かったと、胸をなでおろした。

美音様に商品を売った上、女子トークにまたお呼ばれされたという事実は、克己の中では評価に値することだったらしい。
『まあ、お前にしてはよくやった。引き続き、美音様と仲良くやってくれ。ただし。決して、調子には乗るなよ？』
福子ははじめて、彼に褒められた。
そのことで、ほんの少し自信を取り戻していた日のこと。その知らせは、唐突に訪れた。

ちょうど克己とお客様訪問を終え、車に戻ろうとしていたときのことである。

「はい、八百万百貨店、黒守でございます」

聞き取りやすく、心地の良いテノール。

福子は本日売れ残った、夏物衣類を持ち直しながら、彼の電話が終わるのを待つ。

喋（しゃべ）り方から、電話の相手はお客様のようだった。克己はなにか無茶を言われているのか、声は穏やかだが、険しい顔をしている。

――なんだろう？　クレーム？　商品不備？　これから至急、商品を取り換えてほしいというお電話、かな。

腕時計を確認する。

現在、午後三時。

今日はこの後、お客様とのお約束はない。すぐに八百万百貨店に戻って、商品を検品して、てきぱき動いて。

「落ち着いてください。悪戯好きのあの方のことです。どこかに隠れていらっしゃるのでは？」

悪戯好き？　隠れる？

頭の中で段取りを組んでいた福子であったが、克己の言葉に、思わず首を傾（かし）げる。

その、次の瞬間――

「そんな!?」

初めて聞く、克己の焦った声。ミスターパーフェクト、冷静にどんなことでも対応できる彼のただ事ではない様子に、福子は息を呑む。

「わかりました！　福本に確認しますので、今しばらく、お待ちください!!」

電話を保留にすると、克己は鬼の形相で、福子を睨んだ。

「美音様が境内からお姿を消した。一昨日、お会いしたさいに、なにか変わった点はなかったか？」

「は？　み、美音様が消えたって。神社からですか？　それは一体……」

「こっちが聞いているっ。早く答えろ。なにか、あの方は仰っていなかったか？」

「いえっ。と、特には……」

「そう、だよな。怒鳴って悪かった」

克己は心を落ち着かせるように大きく息を吐きだして、また電話に戻る。

「福本もなにも知らないようです。お力になれず申し訳ございません。我々としても、心配しております。できる限りのことは」

神様が神社からいなくなってしまったら、どうなるのだろう。

福子はぼんやりと不安に思う。

よくわからないが、克己の様子から非常にまずい事態だと、ひしひしと伝わってくる。

私が美音様と、最近、お話ししたこと。あの方は、なにに興味を持たれていた？　どうして外に出て行ってしまったの？

ふいに、頭の中で、あの日のやり取りが繋がる。

「まさか!!」

福子の声に驚いて、克己が動きを止めている。福子は克己をまっすぐ見返した。

「すみませんっ、確認したいことがあります！　電話を替わってください!!」

克己はすぐに応じた。

「近衛様。福本が美音様のことで思い当たることがあるようです。電話を替わります」

福子は電話を受け取るなり、前置きなしに尋ねる。

「あの！　紗月ちゃんは、美音様から秘密のプレゼントを受け取っていますか!?」

外商部の高級車両は、首都高速道路をぶっ飛ばしていた。
ハンドルを握るのは克己である。商品を大切に扱う彼は、普段、意外なほどに安全運転なのだが、その禁を破っている。

「ちょ、ちょっと運転荒くないですか!?」

「法定速度内だ」

「その進路の取り方、強引っ」

「下手なドライバーならば、許される範囲だ」

「あなた、運転上手でしょう！　警察に捕まったら、どうするんですか!?」

「うるさい。お前は、自分がやるべきことをやれ」

絶対零度の視線に射貫(いぬ)かれて、福子は縮こまる。

福子は先ほどからスマホをいじって、検索に勤(いそ)しんでいる。遊んでいるわけではない。

美音様の行き先を探しているのだ。

近衛曰(いわ)く、『紗月は、ライブチケットを美音様から受け取っていない』ということだった。

三日前、美音様に頼まれて手配したライブチケット。それが紗月の手に渡っていないのならば、きっと、美音様は自分のために必要としていたのだろう。

理由はわからない。

しかし、美音様はライブ会場にいると思われた。

なのだが、一つ問題があって、福子はどのバンドグループのチケットを手配したか忘れてしまっていた。

聞いたことがない、若手のアーティスト。

それは覚えているのだが、如何(いかん)せん、音楽に興味のない福子はそれ以上思い出すことはできなかった。

だからすぐに緋雨妙音天神社にゆき、チケット決済に使用した美音様のタブレットを確認させてもらった。

……美音様はどこまで見通されていたのだろう。

決済時の履歴は綺麗(きれい)に消されていた。

その上、タブレットケースには紙片が挟んであり、そこには流麗な文字でこうあった。

『今日中に戻る』と。

「……神様って、どうしてこう、一癖も二癖もぉぉぉぉ!!」

福子が絶叫すると、克己の盛大な舌打ちが返ってくる。鋭い音に体をすくませた福子は、運転席をうかがった。

「あの、黒守さん。美音様は本日中に戻られると仰っています。ですから、我々が連れ戻さなくても……?」

「ふざけろ。神が社を抜け出すなんて、あってはならない。お前は何もわかっていない」

己の苛立(いらだ)ちをなだめるように、克己は言葉を重ねる。

「なぜ、我々が神々をご満足させようとしているのか、考えたことはないのか？　その土地を守っているのは、その土地の御神だ。神が喜べば人の世界は明るく潤い、神が塞ぎこめば、その土地は沈んでしまう」

「我々は御神にご満足いただき、地域を明るくする使命を背負っている。そのことを、よく覚えておけ」

「そんなっ！」

福子はスマホをぎゅっと握りしめる。恐る恐る、その問いを投げた。

「もし。もしも、その土地から神様がいなくなったら、どうなるのでしょうか？」

「わからない。だから、一刻も早く連れ戻さなければならない」

福子は押し黙って、スマホ検索に戻る。己の仕事の重要性を知らされ、指が、震える。

早く早く早くっ、美音様を捜しださないと！

チケットサイト、渋谷のイベント情報、若手ミュージシャン、ロックロックロック！

検索キーワードを打ち込んで、サイトを飛んで飛んで飛びまくって。

「あ！　あった。ありました！　この人たちです!!」

「どこでやってる！」

「渋谷道玄坂いろはビルにある『箱庭 ROCKSTATION』です！」

克己はきりきりと眉をつりあげて、アクセルを踏み込んだ。

夕刻の渋谷は、若者で溢れていた。

車を降り地図アプリを頼りに歩き出した福子たちであったが、思わぬ伏兵に足止めを食らう。

「すっご！　なにあのイケメン！　芸能人!?　写真写真。インスタにあげたら、バズり確定なんですけど!?」

「イケる！　バズって注目されたら、うちら有名人じゃんっ。お兄さーん。そんな恐い顔してないで、こっち向いて笑ってよ～」

克己の腕を摑むギャル。進行を阻むギャル。若者パワー全開で、助けようとした福子を弾くギャル。

人が人を呼び、十分ほどで克己は若者の群れに取り囲まれてしまった。

「くっそ！　おい、福本。俺は車に戻る。お前、先に行け!!」

「は、は、は、はい！」

「美音様は、任せたからな……」

克己の呟きを聞く前に、福子は一人走り出す。

赤く染まるビルの群れ。

目的地はこのまま真っすぐ。数分の距離のはず。

やがて――

『箱庭ROCKSTATION』

赤い地に金の文字の看板を掲げた、レトロなビルが見えてくる。

入り口には若い女性たちがたむろしていた。入り待ちなのか、それとも友達を待っているのか。

その雑踏に、浮き上がるような存在感。

朱(あか)い華やかなエルメスが、風に揺れている。

「み、美音様！」

「おや、見つかってしまった、か……」

美音様はいつも通り過ぎるほどに、いつも通りだった。悪びれる様子など少しもなくて、

福子は急に腹が立ったのだった。

「帰りますよ！　みんな心配してるんですっ」

「あと一時間待っておくれ。私はこのライブが見たいのだよ」

「ふ、ふざけないでくださいっ！　ライブなんてどうだっていいじゃないですか！」

「私はふざけてなどいないよ。そのために、お前を騙(だま)したんだ。悪かったね」

美音様は、ほんの少しだけ申し訳なさそうに見えた。が、ダメなものはダメである。

「一刻も早く戻りましょう。近衛様はパニックを起こして倒れそうでした」

「それはマズイなあ。福子、近衛には一時間後に帰ると、伝えておいてくれ」

福子の目の前で、美音様はひらりと風のように動き、建物へと吸い込まれる。

ひらり、ひらりと。

緋色(ひいろ)の蝶(ちょう)が、真っ黒な階段をおりていく。

「ま、待ってください！」

慌てて福子も地下へと向かう。幅の狭い階段に転びそうになりながら追いかける。が、
福子が進めたのはここまでだった。

「チケットを見せてください」

「え、えと」

「あー、持ってない？　当日券は、売り切れちゃったんだよね～」

軽薄だが、有無を言わせぬ雰囲気のライブハウススタッフが、福子の前に立ちふさがった。

美音様はその向こう側。

たくさんの観客を、すり抜けるように進んでゆく。

「美音様！　戻ってきてくださいっ」

「え、なに？　友達、中にいるの？　その人がチケット持ってるなら、呼んでこようか？

ここ携帯の電波通じないんだよね～」

「いえ！　それは難しいので!!」

普通の人間に、美音様は見えないのだ。

あれだけ目立つ人なのに、誰も気にしていない。

「す、すみませんっ！　すぐに戻るので、中に入らせてください!!」

「それはちょっと！　無理なのでっ。俺が呼んできますから!!」

「美音様～、美音様～!!」

「ちょ！　おねえさんっ、あんまり大きな声を出さないでください!!　周りの迷惑になります っ」

福子はライブハウススタッフと押し問答になる。

どうしよう、ここで引いちゃダメだ。でも、でも、どうしたら中に入れるの？　あの人だったら、どうやって切り抜けるの？

「美音様、私も連れて行ってください～」

しかしどんなに考えても良い案は浮かばず、福子はただ叫ぶしかない。

己の無力感に泣きそうになった、まさにそのときだった。

「やれやれ、手間のかかる」

すぐ間近。

耳元で、美音様の艶のある声が聞こえた気がした。

しかし、顔をあげてもそこに美音様の姿はない。福子は己の願望が幻聴を生んだのかと思ったが、

「あれっ、おねえさん！　チケットもってるじゃん！　それなら入っていいよ!!」

福子の手には、ライブチケットが。

「え、これ……」

福子は困惑しながらも中に入れてもらう。ぼんやり、ふらふら歩いていると、朱い衣をまとった美しい人が視界に入る。

「それは、私のチケットだったんだが。まあ、私はなくても入れるからね」

「美音さまあああ」

「しーっ！　あと少しで、ライブが始まるようだ。静かにしなさい」

美音様は、気が抜けてへたり込んだ福子の手をとって、ステージから遠い場所へと向かう。

指定席はないようで、観客たちはドリンクを片手に立ったまま、ライブの始まりを待っている。

福子たちが立ち位置を決めて一息ついたそのとき、歓声があがった。

溢れ出す音の奔流。

ドラム、ベース、ギターの三人組バンドが、飛び跳ねるように音楽を奏でだす。

特に中央のギターの青年は元気いっぱいで、ステージ上を所狭しと動いている。彼の動きに呼応する観客たちは、みな楽しそうだ。

熱っぽい視線と悲鳴のような声援が、彼に注がれていた。

美音様も、ギターの青年を見つめている。真剣なまなざしに、福子はそっとため息だ。

「美音様。美音様のお姿は人間には見えないんですから、私に、チケットを手配させる必要はなかったのでは？」

「いや、あの子の晴れ舞台だからね。『客』として、ちゃんと入りたかったんだよ」

「……あの子って、お知り合いのように話されますね」

美音様は少し誇らしげに笑った。

「知り合いさ。あの子は、私の大事な子だ」

美音様の姿は、普通の人間には見えないはずである。

福子が眉を寄せると、美音様は福子の腕を引っ張って、おんぶお化けのように福子におぶさった。

「これも縁だろう。私の秘密を聞いてくれないか？」

耳元で囁かれ、福子はぎょっとする。急接近。豊満な胸の存在を背中で感じた。しかし美音様は無邪気なもので、なんら気にするところはないらしい。

　福子は恐る恐る、問い返す。

「ひみつ、ですか？」

「ああ。私は神だからね？　人には話せない秘密をかかえているのだよ。聞いてくれれば、私の憂いも晴れると思う」

　そんなことを言われたら、断るなんてできなかった。

「これから話すことは、皆には内緒だ」

「わかりました……」

　そうして、美音様は話すこと自体が楽しそうに、口火を切った。

「あれはなぁ、三年咲かなかった老木の枝垂れ桜が、花をつけた年のことだ」

　満開の桜が空気を染め上げ、甘やかな花の香に、ぴちち、ぴちちと、鳥たちが競い合うように笑う早朝のことだった。

　美音は腹の底で歌が渦巻いて、外に出たがっている感覚に目を覚ました。久々の感覚だった。素足のまま境内に出て、ひやりとした大地を踏むと、足裏で地の鼓動を感じた。

　おもむろに、琵琶（びわ）を唸（うな）らせる。

　大気が振動し、体が溶けるような心地良さであった。

『……ああ』

薄紅色の天は美しく、喉を開けば、溢れ出す喜びの歌。

自分は歌を歌うために、この世にいるのだと思い出して、美音は一心不乱で歌い続けた。

その、来訪者に気づくまでは――

『見られてしまったか』

それは、十歳にも満たない小さな男の子だった。

「それが、あの子だよ。そう、真ん中でギターを弾いている子だ。私はあの子を公平と呼んでいた。あの子は私を美音と呼んだ。『様』をつけないで、美音とね。無礼な奴だろう？」

背中で美音様は笑っている。無礼と言うが、楽しげなご様子だった。

「本当に、はじめから無礼な奴だった。私と初めて会ったとき、あの子がなんて言ったと思う？　耳を疑うようなことを言ってきたのだよ？」

「十歳くらいの男の子ですと。――もしや、おばけと間違われましたか」

「いーや、もっとひどい。自分と結婚しろと、プロポーズしてきた」

「…………はい？」

福子も我が耳を疑った。くすくすと、美音様はおかしそうに笑っている。

「『僕は今、素晴らしい歌に惹かれてここにやってきました。そうしたら、誰よりも美しい人と出会ってしまった。ここで結婚を申し込まなければ、一生、後悔すると思ったのです』あの子はそう言った。私は、一言一句、覚えている」

「そ、それで、美音様はどうしたんですか？」

「あの子はしょっちゅう神社にやってくるものだから、私はときどき気が向いたら会っていたよ。会えば、彼は私に歌ってくれとせがんできた。私は、もう滅多に歌いたい気分にはなれなかったのだけれど、稀に歌うこともあった。楽しかった、な……」

美音は、そっとため息をこぼす。

「福子、これは本当はいけないことなんだ。神である私が、一人の人間を特別扱いするなんて。でもね、あの子のまっすぐな瞳が心地よくて。ついつい、可愛がってしまった」

福子はほんのりと微笑んだ。

「だから、内緒なんですね」

「ああ……ずっと誰にも言えなかった。近衛たちが心配をするからね……」

「わかりました。黙っています」

「――ありがとう」

間が、落ちる。福子は話の切れ目に疑問を差し込んだ。

「あのぉ、一つ不思議なのですが、普通の人間には、美音様のお姿は見えないのでしょう？　なぜ、彼には見えたのでしょうか？」

「さあ？　私と相性がよかった。波長があった。理屈は説明できるが、結局のところ、それが『縁』というものだからなぁ」

美音様は福子をぬいぐるみのように抱きしめる。ぎゅうっと、強く抱きしめられる。

「だけどね、それはこの世の理から外れたことだから。しばらくして、あの子の瞳に、私の姿は映らなくなったんだ」

「……え」

別れは唐突に。ある日を境に、容赦なく訪れる。

「あの子は、泣いていたよ。でも、それでも、私のもとにやってきて、宙に向かって、今日あったこと、これからしたいことを話すんだ。私はそれが嬉しくて。けれど、恐くなった」

「恐かったんです、か？」

「ああ。あの子には、あの子の世界がある。こちら側に心を傾けて、あの子が本来いるべき世界がなおざりになるのは良くない。だから、私はあの子に手紙を書いた。——もう、ここには来るな、と」

福子は顔を引きつらせる。

「……なんで、そんなことを！」

「あの子のためだよ、仕方がない。それで——あの子は、神社に来なくなった」

仕方がないと片付ける美音様は、そのときどれだけ悲しかったのだろう。落ち着いた声で話されるが、背中から悲しみが伝わってくるようだった。

福子は大人な美音様のかわりに泣いていた。自分が泣いても意味がないと気づきながら、涙がとめどなく溢（あふ）れた。

そんな福子に、美音様は優しく笑った。さらに言葉を重ねる。

「大丈夫。私はあの子のことをときどき思い出すだけで楽しかったんだ。それにね？　三年前に、あの子は一度、顔を見せに来てくれたんだよ。報告にやってきた」

「ほ、報告？」

「ああ。自分は日本一のバンドマンになることに決めた、と。日本一になったら、また会ってください、ってね」

思いがけぬ言葉に驚いて、福子の涙は引っ込んだ。

「……凄（すご）い、人ですね」

「まいったよ」

二人はステージ上の『彼』を見つめる。

存在を見せつけるような、パフォーマンス。青年は己の想（おも）いの丈を歌にのせる。

届け届け、届け！　と。

「下手だなぁ」

「み、美音様、そんな心にもないことを」

「だって、動きながら歌っているせいで、ときどき声がブレるじゃないか。他の人間は気づいていないようだが、私の耳はごまかせない。まだまだだ」

美音様はひとしきり毒を吐く。吐き散らす。

そして、ふいに。

福子から離れると、一歩、前にでた。

「応(こた)えよう」

次の瞬間、零(こぼ)れ出す、圧倒的な歌声。

美しい、妙(たえ)なる調べが、天へと高く高く昇ってゆく。

「……っ！」

その様が福子には視(み)えた。聞こえたのではなく、視覚で感じ取った。

ああ、なんて綺麗(きれい)。

薄暗いライブハウスに、あたたかな金色の粒が拡散してゆくようだった。

美音様の歌声はバンドの音楽を容易に打ち消し、福子の心を揺さぶった。けれど――

その声は周りの人間には、決して届かない。バンドの青年にも届かない。

「……美音様」

それでも美音様は歌った。高らかに、満ちたりた表情で。

届かないと知りながら、想いを唇に乗せる。

福子は止めなかった。それが美音様の望みだから。ただ見守った。

だからその、幸せな時間を止めたのは、福子ではない。

「福本、やめさせろ！」

克己の姿が視界に入る。

福子は顔をしかめた。美音様の歌が止まる。止まってしまう。

「美音様、お戻りください！」

克己の声に驚いて、バンドの演奏も止まっていた。代わりに、観客たちがざわめきだす。

「無粋な奴め……」

諦念（ていねん）のため息をついて、美音様は福子に苦笑してみせた。

「帰ろう。迷惑をかけたくない」

「はい……」

二人は足早にその場を後にする。後ろは振り返らず、まっすぐ歩く。そのまま出ようとしたときだった。

キーンと、甲高いマイクのハウリング音が響く。

それに続いて、半ば怒鳴っているような大声。

「美音!!　俺、日本一になるからっ」

福子は思わずステージ上を見た。ギターの青年が戦いを挑むような眼差（まなざ）しで、美音様を睨んでいるように見えた。

……彼の瞳に、美音様の姿は映っているのだろうか？

美音様は彼を振り返っていて、その表情は福子の位置からはうかがえなかった。でもなんとなく、笑っている気がした。

車に乗り込むなり、克己の説教がはじまった。

美音様を連れ戻しに行ったのに、一緒にライブを観ていた福子は、もちろんこってり絞られた。お客様である美音様に対しても、彼は叱責の手を緩めなかった。

しかし美音様は反発することなく、素直に謝った。

「克己、心配をさせたな。すまなかった。福子も騙してチケットを手配させて、悪かった。今後、身を改めよう」

真摯な口調で言うものだから、克己はそれ以上、なにも言わなかった。

『緋雨妙音天神社』に到着したのは、午後七時を過ぎた頃だった。

美音様は帰り際、穏やかに微笑んだ。

「克己、あまり福子を怒らないでおくれ。お前たちに迷惑をかけたが、私の長年の胸のつかえがとれた」

美音様は以前よりも美しく、福子の瞳には映った。内側からパワーが溢れているような印象だった。

「福子、私の我が儘につきあってくれて感謝している」

「は、はい！」

「……美音様、また何かございましたら、お声がけください」

克己は硬い微笑みを返して、一礼した。福子もそれに倣って、境内を後にする。

二人はそのまま無言で階段をおりてゆく。車の前まで来たとき、克己が言った。

「遅いから、お前の家の最寄り駅まで送ってやる。どこだ？」

「い、いえっ。まだ電車がありますので！」

「さっさと乗れ」

福子は渋々、車に乗った。

送っていただくなど恐れ多い。というよりも、美音様はああ言ってくださったが、説教二ラウンド目かと落ち込んでいると、克己は吐息をついた。

「あれが女神の歌声か。凄まじいな……」

「は、はい？」

予想外の言葉だった。しかし、克己がはじめて美音様の歌声を聴いたのだと気づくと、その心境は理解できた。福子がはじめて、その歌声を耳にしたときは涙が止まらなかったのだ。

心が洗われるような歌声だと思う。

そう福子が納得して内心うなずいていると、次の瞬間、耳を疑うような問いが聞こえてきた。

「福本、お前はなぜ、美音様をお止めしなかった？　危険だと思わなかったのか？」

「き、危険!?」

「そうだ。普通の人間には聴こえない『歌』だが、あれだけのパワーだ。危ないと」

「――美音様が、人間に危害を加えるようなことするわけありません！」

思わず叫んでいた。まずいと、福子は己の口を両手で押さえる。克己に怒られると思ったからだったが、克己は何も言わなかった。

それから空恐ろしいまでの沈黙が続いた。

な、なんだろう、この沈黙。なんで何も言わないの!?　こわいいいい。

克己は丁寧に車を運転してくれているが、妙に真剣な顔をしているように見えて、福子はそわそわする。

早く、早く駅について！

体を強張らせて、車窓の景色を眺める。『千年町駅』が見えてくると、福子は安堵の吐息をこぼした。

「あ、あのっ。送っていただき、ありがとうございます！　この辺りで降ろしてくださいっ」

車が停止するや否や、福子は車のドアを開く。おい、と呼び止められた。

「以前、言ったことを撤回する」

「へ？」

車から降りる中途半端な体勢で、福子は克己を振り返る。

「この仕事に向いていないと言ったが、あれは間違いだった、らしい。今回は……助かった」

福子は、ポカンと口を開いた。

「お前はきっといい家族に囲まれて、愛されて育ったんだろう。誰彼構わず信じられる類の人間らしい。甘いといえば甘いが、そういうのも必要だろう」

「あ、あ、あの！　よく分からないですけど、私、褒められてます!?」

福子はあまりにも驚いてそう尋ねると、克己は無表情になった。険しい瞳で、福子をじっと見つめる。

「褒めていない。そのうちいなくなるだろうから我慢しているが、目に余る点ばかりだ」

「……た、たとえばどこがでしょうか？」

聞くのは恐ろしかったが、勇気を振り絞って問いかける。すると、深々としたため息が返ってきた。

「もう少し、その話し方をどうにかしろ。お前、社内研修を受けてないだろ？」

「そ、そんなにひどいんですか⁉」

「感情的になるとボロが出る。お客様の中には不愉快に思われる方もいらっしゃるはずだ。それに服装も。人ならぬ方々は気になさらないが、高級品を売る人間としてありえない。リクルートスーツってなんだ？　いつまで学生気分でいる気だ？　馬鹿か？」

ズバズバと正論で指摘されて、福子は眩暈がした。

褒められたと思ったのに、やっぱり説教タイムだった！

「ご、ご指導ありがとうございます……」

しかし、彼が言うことは正しいのだろう。

喋り方と服装。なんとかしよう……！

心の中のメモ帳に書き込みながら頭を下げていると、素っ気ない声が落ちてきた。

「この仕事を続けることを認めてやる。成長しろ」

その日の帰り道、福子は頬が緩むのを止められなかった。

認められたのだ！　あの！　黒守克己に!!

私はこの仕事を続けても、大丈夫なのだ！

足取り軽く家の前まで来ると、大きく伸びをする。

「私は、頑張れる！」

天を仰ぐと、お月さま。

綺麗な白い真ん丸で、自分を祝福してくれているように感じられた。

自分は能天気だ。単純だ。でも今、嬉しいのだから、それでいい。

明日の仕事を楽しみに想いながら、福子は家の鍵を開ける。

「ただーいまっ!!　おかあさん、お腹すいたー」

玄関先で叫んでみたが、母はきっと食事の後片付け中だろう。また今日も遅いと叱られるのかなと首をすくめながら、上がり框に座って靴を脱ぐ。

と、誰かが急いでやってくる足音がした。

「お姉ちゃん!?」

「ど、どうしたの、陸？　そんなに慌てふためいて」

二歳年下の陸は、福子の自慢の弟だ。

有名大学で経営学を学んでいて、堅実な性格をしている。料理洗濯は福子よりもうまいのに、謙虚で素直。

休日は福本家が二百年営んでいる豆腐屋『まめふく』の手伝いをして忙しいのに、愚痴一つこぼさない。きっと立派に七代目を継ぐだろうと、福子は思っている。

そんな弟が、その場に崩れ落ち、涙目で福子を見つめるのである。

「お……さんが……………たた……って」

声がかすれて聞き取れなかった。福子は励ますように、陸の両肩を掴む。

「陸、もう一回言って。声が小さくて聞き取れないよ？」

福子は陸の口元に耳を近づける。今度は、聞こえた。

「っ……お父さんがっ。お店たたむって……！」

「お店たたむって、どこのお店……？　え！　え、え、えー！！！」

福子ははたりと思い至り、あんぐりと口を開いた。

父が自分の代で『まめふく』をたたむ。

二百年続いた豆腐屋を終わらせる。

少し前まであった嬉しい気持ちは、すっかり吹き飛んでいた。

「嘘でしょ。なんで！」

大変なことになっている。
福子は陸を置いて家の中に入ると、不安を打ち消すために父の姿を探すのだった。

第四話　七星の福禄寿神、消失す！

梅雨が明け、夏至が過ぎ、七月に入った頃のことだった。

福子(ふくこ)は『翠天宮(すいてんぐう)神社』から呼び出しを受けていた。

『わての勘ではそろそろ、あっつい夏が来る。早めに『純チタン製二重タンブラー』の追加納品を頼むわ』

恵比寿翁(えびすおう)じきじきのメールが届いたのは、昨日のことである。

美音(みおん)様といい、恵比寿翁といい、神様は意外に電子機器を使いこなしているなぁと感心しながら、福子はご奉仕部専用車両に商品を積む。

気づけば、福子が『神様の外商員』となって三か月がたっていた。

福子もずいぶんと仕事に慣れ、はじめ慄(おのの)いた高級車両の運転も板についてきていた。人とは成長するものである。

しかし、今日も福子はため息をついている。

本当に、どうしたらいいんだろう……？

福子が住む千年町(せんねんちょう)は、東京の端っこにある。

国指定の森に守られるように、千年変わらぬ町並みの中で住人たちは暮らしている。けれど、不況の風と住人の高齢化で、人が一人また一人と去っていく。古くからあるお店がなくなっていく。

そのことを寂しいと感じていたけれど、父が豆腐屋『まめふく』を閉めようと考えていたなんて！

『最近、ずいぶんとお客さんが減っていてな。陸(りく)が継いでも先が見えん。俺の代で終わらせようと思う』

いつから考えていたのだろう。

現状を告げる、父の決意は固かった。福子や陸が何を言っても、耳を傾けようとしない。今年いっぱいで閉店すると言って聞かないのだ。

今年なんて、あと半年もないのに！　急すぎる、どうにかしなければ、と。

福子は夜ごと思う。しかし良い案は浮かばず、今日もまた寝不足だった。

「でも、仕事だよ。恵比寿様に呼んでいただいたんだから。必要とされているんだから」

駐車場に車を停めると、福子は自分に活を入れる。

——自分はプロだ。プライベートなことをお客様に見せてはならない。楽しませなければ！　お客様を笑顔にしなければ！

そう車内で気持ちを切り替えて、翠天宮神社の鳥居をくぐる。

相変わらず、広い境内だった。

六月の神事『茅の輪くぐり』の茅の輪がまだ設置されており、外国人の参拝客が大きな茅でできた輪を、くるりくるりとくぐっている。

「はらいたまへ、きよめたまへ、まもりたまへ、さきはえたまへ〜」

茅の輪をくぐるときの神拝詞。

七星神社では神拝詞を心の中で念じながらくぐるが、こちらは口に出す作法らしい。

たどたどしくも、楽しそうな声を聞いていると、福子の肩の力が抜ける。目を細めて微笑んだ、そのときだった。

「福子、よう来たな！」

前方のお土産屋さんから声をかけられたのは。

それは若々しい、活力に満ちた声だった。

しかしまったく聞き覚えのない声で、声の主と思しき、こちらに片手をあげている男性にも福子は見覚えがなかった。

……うーん、でも、誰かに似ているような？

力強い濃紺の瞳、鋭さを感じさせるほどに整った面。

三十代の男は、作務衣の袖を肩までまくりあげている。そこから覗く上腕二頭筋は鍛えに鍛えられて、筋肉フェチの女性なら涎を垂らしたに違いない。

福子は筋肉フェチではない。加えて、超絶美形の美音様や克己で目が鍛えられている。しかしその福子が目を瞠るほど、声をかけてきた男性は魅力的だった。

「こんにちは。えーと、ごめんなさい。どこでお会いしたんでしたっけ？」

正直に謝ると、かかか、と男は笑った。これがまた明るく、魅力的な笑い方で、目の保養だなぁと見蕩れていたら、

「わてや、わて。恵比寿や！」

「……っ！！！」

福子は絶句した。あまりのことに事実を受け止めきれず、息が止まった。

「おー、福子。お前、空気吸うてるかー。顔がどんどん、青くなっとるでー」

恵比寿と名乗る男性に背をさすられて、福子は深呼吸を繰り返す。お客様ということも忘れ、食って掛かった。

「恵比寿様!!　どぉぉぉして、そんなにお若くなってるんですかぁ!?」

柿色の狩衣（かりぎぬ）を着た七十代の見た目の恵比寿様が、三十代の見た目となっていた。それもとんでもない色男に変貌（へんぼう）している。色男恵比寿は、最近は境内のお土産屋さんを手伝っているのだという。

「この見てくれやと、ようけ、商品が売れるんや！」

……神様は人間に見えないのではなかったのか、と突っ込みたくなった。

しかしそれはいい。いやよくはないが、福子が知りたいのは、どうして若返ったかである。

「まあ、すべてお前のせいやな」

「ど、どういうことですか⁉」

福子はもう泣きそうだ。あまりの衝撃に立っていられず、お土産屋さんの従業員休憩所に連れてこられる。

福子が座っていると、恵比寿は岩木（いわき）を呼んだ。すぐさま飛んできた岩木は、寝不足なのか、やつれたようにみえた。

――それはまあ置いておいて、なぜか岩木に、福子は恨めしそうに睨（にら）まれる。

「つまり、福本様が以前、ご用意してくださった、『純チタン製二重タンブラー』が我々の想像を上回るほどに、外国人客に受けたのです」

岩木は冷たい麦茶を、福子の前にドン、と置く。――おっかない。

「……あの、岩木さん。それと恵比寿様が若返ったことと、どのような繋がりがあるのです、か？」

「恵比寿様は、商売の神様です。その性質が満たされた上に、我が神社には参拝客が増えました。恵比寿様の力は一層みなぎり、その結果として――普通の人間にも姿が見えるようになり、若返られてしまったのです……」

福子は軽く頭痛がした。

「じ、事情は理解しました」

いや理解できていない。そんなことで若返ってもらっては心臓がもたない。

きっと岩木も恵比寿の姿が変わったことに慣れず、毎日、ビックリさせられているのだろう。

福子はそう感じて、深々と謝罪する。

「申し訳ございません。そのようなことになるとは露ほども想像しておらず、岩木さんのご心中をお察しいたします」

「っ――！」

岩木はかっと目を見開いた。福子の前で勢いよく首を振って、ぶつぶつと、何かつぶやく。

「あんた、何もわかってないっ。毎夜、俺がどれだけけっ。どれだけこれにせ」

「岩木、落ち着け！　福子がビックリするから。な！　ああ、そや!!　麦茶だけなんてしけてないで、こないだもろた『鶴や』の生上菓子、もってこい。な！！！」

恵比寿に言葉を遮られた岩木は、ハッとした様子で口をつぐみ、その場をふらふらと離れてゆく。

福子は恵比寿と二人きりになる。あらためて、まじまじとお顔を見上げた。

「別人のようですね」

「イケてるやろ？」

黒守さんとは対照的な、太陽みたいに陽気なイケメン。これがあの恵比寿様だなんて！

若返ってしまうなんて反則である。

福子は吐息をついて、ふと、『七星神社』の福禄寿のことを思い出す。おかっぱボブの可愛らしいお姿を。

あれは、もしかして……？

恐る恐る手をあげて、福子は色男恵比寿に質問を投げた。

「あのぉ、もしも。もしも、もっとタンブラーが売れたら、恵比寿様はどうなるのでしょう？　もっと若返るのでしょうか？」

「かもなぁ。ぎょうさん売れて、もっともっと若返って、赤子になってもうたら、岩木にオシメを替えられるのか。それはあいつが嫌ごうて、おもろいなぁ」

「……………」

　岩木がいなくて良かったと心の底から思う。彼が聞けば倒れていたかもしれない。

　福子は福禄寿のことを想う。ひとりごちた。

「福禄寿様も、それであんなにお若い姿なのかなぁ」

「んー。なんや、『七星神社』の福禄寿も、若々しい姿でおるんか？　それは、ちいと、おかしいなぁ」

　独り言に返答され少し恥ずかしくなりながら、福子は反論する。

「福禄寿様は、十歳くらいの少女の姿をされております。それは、恵比寿様のように力がみなぎっているからではないのですか？　あれ……」

　問いながら生じた違和感に、福子は眉をひそめる。その答えを、恵比寿はあっさり寄越した。

「逆や逆。それは力がみなぎってるんやのうて、弱まっているんや！」

「……え」

「それも少女の姿？　性別まで変わってもうて、あいつ、消滅するんやないか」

息を呑む。

『消滅』

あまりに、あまりに不吉な響きだった。福子はすがるように、恵比寿の作務衣を掴んでいた。

「――福禄寿様が消滅って！　それは一体どういうことですかっ」

恵比寿はぴしゃりと、己の額を叩いた。

「あー、まずいこと言うた。福子ぉ、そないな顔すんなや……」

精悍な眉を歪めて、恵比寿は福子の頭を優しく撫でる。

力強く、温かな掌だった。

不思議と心穏やかにしてくれる眼差し。しかし福子は、その手をそっと払う。

「恵比寿様、私は大丈夫です。ですので、なぜ福禄寿様が消えると思われるのか、お聞かせください」

福子が唇を噛みしめて恵比寿を見上げると、恵比寿は誤魔化すのを諦めたらしい。

静かな、声が落ちる。

「はじめに『名』があった。神に『名』をつけたのは、人やった。人が神を呼び、神は力を大きくした。せやから、『名』をつけた人に忘れられれば、神の力は削がれる。削がれて削がれて、小さくなって。――ある日、ぷつりと消える」

福子は目を吊り上げる。

「福禄寿様は、消えたりしませんっ。私は毎週、お会いしています！　私は忘れませんっ!!」

「神を支えるのは、福子だけでは足りんのや」

福子の興奮をなだめるように、恵比寿は静かに言葉を重ねる。

「あいつが守っている『千年町』から人が去っていると、噂に聞いとる。それはな。あいつの守りの力が弱なっているからや。このまま町が寂れて、人がいなくなれば、あいつは消える。それが自然の理なんや」

「そんな……」

福子は急に胸が苦しくなる。涙が、溢れ出した。恵比寿は顔色を変え、慌てだす。

「あー、すまんすまん、泣かしてもうて。泣くな、福子っ。泣くな！」

「だって、だって……す、すみません……」

恵比寿はいよいよ本格的にあせって、周囲を見回す。

「ったく、岩木の奴、はよ戻ってこんかい！　……っ。な！　別に福子が泣くようなことやない。人の子はその地が陰れば、暮らしやすい地へと移っていく。それが自然やさかい。それで町や神がのうなっても……」

「――そんなことはさせません！」

福子は涙を流しながら、恵比寿を睨んだ。目に力をこめ、悲しい未来を睨みつけた。

「そんなことは！　絶対に！　私がさせませんっ。福禄寿様も、町も、私が立て直しますっ!!」

叫んでから、福子はハッとする。お客様になんて失礼なことを！

しかし、恵比寿は気分を害した様子もなく、むしろ面白そうに右眉をあげてみせた。

「言うやないか。やってみればええ」

そう背中を叩かれて、福子は真剣に考える。

……私に、何ができるのだろう。自分の家の豆腐屋だけでなく、町全体を守るには一体どうしたら？

考える。考える。考える。

しばらくして、福子は恵比寿を上目遣いで見つめた。

「あのぉ、どうすれば良いと思いますか？」

「わてに聞くんかいっ」

笑われた。そのまま恵比寿は面白そうに笑い続けた。目尻に涙さえ浮かべて、腹をかかえてひとしきり笑った。

あまりの笑われように福子がむくれたとき、商売の神様は助言を投げた。

「福子、町おこしや！　なんや、人が集まるようなイベントでも打ちだしてみたら、ええんとちゃうかぁ？」

『町おこし』

その一言は衝撃だった。目から鱗が落ちるようだった。

福子は今まで自分の家の豆腐屋を閉めさせないよう父を説得しなければとか、お煎餅屋さんのお春おばあちゃんに何ができるだろうか、と個別に悩んでいた。

それを一気に解決してしまえと、色男恵比寿は笑うのである。パッと、目の前が開けた。

福子は家に帰るなり、陸に相談した。陸は堅実で、イベント事など浮ついたことが苦手だが、一言、やると言った。

それで福子の腹も決まった。

その日のうちに、福本姉弟は地元の友人に協力要請をする。

状況を憂えていた者は多く、すぐに二十名もの賛同者を得た。話はとんとん拍子に進み、週末にみんなで集まることになったが――問題なく進んだのは、そこまでである。

『どんなイベントならば、人を呼べるか？』

そこでつまずいた。

大きなイベントにしようとすれば、資金が必要である。多少は皆で出せたとしても、効果が期待できないと反対された。

なにせここは東京の端っこである。

電車で一時間もしないところで、華やかなイベントをやっているのだ。負ける、と陸は断言した。

『今までにない、アイデアが必要だ』

『町の良さを知ってもらえて、また人々が訪れてくれるものがいい』

『都会にないものが、うちの下町にあるのか？』

結局、イベント内容は決まらず、各々、持ち帰りになった。出だしが良かっただけにもどかしかったが、福子は諦めるつもりなど毛頭なかった。

——後に、下町の奇跡と評される一日のはじまりは、そのようなものだったのである。

最近の福子の頭の中は、町おこしイベントのことでいっぱいだった。

時間が空くと、スマホで様々な地方イベントについて調べている。

アイデア出し、広報の出し方、運営の仕方、お金の話。

インターネットは情報の大海原だ。調べれば調べるほどに関連情報が出てくる。

その上、今日の仕事は思いがけず、イベント運営側の立場になってしまった。

「たくさん、人が集まりましたね」

「俺が企画に口を出したからな」

福子の隣では、克己が当然の顔をしている。

油蟬(あぶらぜみ)の元気な鳴き声が降りそそぐ境内では、本日、囲碁教室が行われようとしていた。

囲碁が好きな寿老人(じゅろうじん)様のために克己が呼んだ囲碁棋士は、どうやら有名人だったらしい。

参拝者も観覧できるよう神社のイベントにしたら、四十名ほどの人々が集まった。

その中にまじって、寿老人が熱心に囲碁の解説を聞いている。

後ほど、克己が寿老人の代理で、囲碁棋士と一局手合わせする予定だが、楽しい会になりそうであった。

「すごいなぁ……」

福子は神社を巻き込んでのイベントなど考えもしなかった。しかしこのイベントは、神様も人間も楽しんでいる。

こういう風景いいなぁ、としみじみ思う。

——ほんと、凄い人だな。

福子はちらりと、克己の横顔をうかがった。

最近、以前よりも喋れるようになった有能な先輩。彼に、町おこしイベントの話をしたら、なんと返してくるだろう。

ほんの少し期待して、思い切って相談してみる。すると、

「馴れ馴れしい。自分の悩みを俺に持ち掛けるな」

毒舌で一刀両断。

福子は本当に斬られたように胸を押さえ、克己を恨めしそうに睨む。

「なんだ、そのうるさい顔は。俺は自分の仕事で忙しい。お前の教育もその一つだ。お前の教育は俺の仕事だからしているのであって、俺はお前と馴れ合う気はない。勘違いするな」

「そこまで言うっ？　なんて、デリカシーのない！」

「……だが、これは、『七星神社』の福禄寿様にも通ずる件なのか」

福子の文句を聞き流し、克己は自分の顎を撫でながら何か考えている。嫌そうに、福子を見下ろした。

「お前、たしか花枝さんと、ときどき喋っているよな？」

「……は？　花枝さんって。寿花枝さんのことですか？」

「それ以外誰がいる」

御年五十六歳。

上品でバイタリティに溢れた八百万百貨店、寝具売り場の寿花枝さん。

まさか、克己からその名が出るとは思わなかった。一体、どういう関係なのだろう。

彼はしかしそのことは話さず、ぶっきらぼうに言った。

「あの人は、イベントの猛者だ。相談するならそっちに行け」

イベントの猛者！

凄い言葉に、福子は目を丸くする。

「は、はい！　行ってみますっ。黒守さん、ご教示ありがとうございます!!」

「あら、福ちゃん。こんな時間帯に珍しいわね～」
午後五時。
八階寝具売り場に直行すると、花枝は会計のカウンターで、ノートパソコンを入力していた。
「花枝さん、少しご相談したいことがありまして……」

「二分待ってちょうだい。今、ブログを更新しているの～」

「ブ、ブログ？」

「ええ、スイーツブログ！　私、甘いものが大好きでね？　食べたものの記録をつけているの。周りの評判もいいのよ～!!」

花枝は売り場にいるが、どうやら夜勤務の休憩時間帯らしい。

デパ地下やレストランフロアはちょうど忙しくなる時間帯だが、寝具売り場はお客様が途切れる時間帯なのだろう。従業員しかいない。

福子はしばし待つことにする。

「最近はね、代官山の白胡麻のフロマージュがすーっごく美味しくてっ。福ちゃん、今度、いっしょに並んでみない？」

「えーと、時間ができましたら是非！」

「あらあら、相変わらず忙しいみたいね。――さて、更新完了!!　待たせたわね。どうしたの？　またそんな困った顔をして」

「…………」

福子は思わず自分の顔をこする。

……そんなに自分は顔に出るのだろうか。

そっとため息をつきながら、用件を切り出した。

「実は、私、地元で『町おこし』イベントをやろうとしているんです。でも、なにをすれば町のためになるか分からなくて。花枝さんは、イベントの猛者とお聞きしましたので、ご教示いただきたく参りました！」

「ちょ！　イベントの猛者だなんて、誰が言ったのよ～　私はただ、この八百万百貨店に長く勤めているから、いろんなイベントに携わったことがあるってだけ～！」

「そうだったんですか!?　それはすごいです!!」

そういえば、一か月前に花枝からイベントの相談をされたことを思い出す。

あの黒守克己にも推薦されているし、すごい人だと思ってはいたけれど、想像よりももっとすごい人なのかもしれない。

しかし、花枝は特別、偉ぶったりしない。記憶を探るように、斜め上を見ながら首を傾げている。

「うーん、そうね。町おこしイベントか。そういえば、地域住民と協力して、イベントをしたことが過去にあったわねぇ」

「え！　八百万百貨店が、町おこしをですか？」

思いがけない言葉に、福子は身を乗り出した。

「そうよ～。百貨店員総出でね？　一月二日にやったの。懐かしいなぁ。この百貨店が一番、賑わっていた頃の話よ、もう三十年前の話」

花枝はお客様のいないフロアを寂しげに流し見る。福子はそれには気づかず、興味津々に問いを投げた。

「そうなんですね！　それで、どんなイベントをしたんですか？」

「――七福神巡りをしたの」

返された答えに、福子は顔をあげる。目が覚める想いだった。

七福神巡り。

それがどんなものかもわからないのに、とてもとても良いものだと直感した。

「花枝さん!!　そのお話、く、詳しく教えてください!?」

「ええ、もちろん」

花枝は嬉しそうに話し始める。

「七福神巡りというのは、江戸時代の頃に流行っていた信仰行事よ。新年にその年の幸福を願って七福神様が祀られている神社を七つ巡拝するの。八百万百貨店では、デパート員総出、地域を巻き込んで七福神巡りをお客様に提供したのよ。今も各地で七福神巡りは行われているんだけど、ここまで大掛かりにやったのは、うちのデパートが初めてなんじゃないかしらね」

イベントの猛者はぺらぺらと喋り、ふいに、うーんうーんと唸りだした。

「たしか、あのときの資料がまだどこかに。えーと、どこに片づけたかなぁ。いやあねぇ、もうすっかり年。記憶が曖昧で嫌になる」

「花枝さん！」

笑ってそんなことを言う花枝の手を、福子は握りしめる。花枝は、こげ茶の瞳を大きく見開いた。

「な、なあに、福ちゃん急に？」

「花枝さんはすっごいです！　そのアイデア、いただきます!!」

「……あらぁ、気に入ったの？」

「はい！　どんなふうにイベントが執り行われたか、そのときのお話をもっと聞きたいです!!」

福子が元気よくお願いすると、花枝はにっこりと笑った。

「それじゃあ、当時の資料を探しに行きましょう。私、あと三十分で休憩あがっちゃうから、そんなには、つきあえないけれど」

「いえっ、ご助力ありがとうございます！」

そうして、二人はすぐにバックヤードへと向かう。

花枝曰く、イベント関係の資料は、地下の資料室にあるのではないかとのことだった。

「うわぁ……」

はじめて足を踏み入れた資料室は、掃除されているようだが薄暗かった。いたるところに古ぼけた段ボール箱が積んであるせいで、圧迫感がある。

「この中から探すんですね。頑張ります！」

福子が張り切って腕まくりをする横で、花枝は唸りながら目を閉じている。

「大丈夫よ。イベント関係のパンフレットは、右の棚にあるはず。年代順に奥のほうから積んでいっているはずだから、福ちゃんが今立っているところから、もう一歩先に進んでみて。――その辺りが怪しいわねぇ」

記憶が曖昧と言っていた花枝だが、てきぱき指示を飛ばしてくる。そして、それは的確であった。

今日も帰りが遅くなることを覚悟していた福子であったが、ものの数分で、それらしきものを発見する。

「花枝さん、ありがとうございます！」

「大したことはしてないわ。それよりも頑張ってね！」

「はい！」

「私ができる限りのことはしてあげるけれど、そのイベント、実現させるのすっごく！すっごく！　大変だ・か・ら!!」

「え……？」

花枝はお茶目にウィンクする。

「まずは地域住民の協力、移動手段の確保、神社仏閣の許可。その他もろもろ大変！　若い頃にやったけど、すっごいすっごい大変だった。でも。あの当時は楽しかったわ～」

花枝は頬を紅潮させて、本当に楽しそうに笑った。いささか凄みすら感じさせる笑顔だった。

「久しぶりの大イベントね。腕が鳴るってものよ」

「は、花枝さん……？」

福子が慄いていると、花枝ははたと気づいた様子で、両手を叩いた。

「だけどそこに取り掛かる前に説得しないといけない人たちがいたんだった。あらあら、これは何かの巡りあわせなのかしら？　――ねえ、福ちゃん？」

「は、は、はい!!　なんでしょうか!?」

「このイベントは大好評だったのだけれど、翌年はできなかったの。それは猛反対した部署があったからなんだけど、どこだと思う？」

猛反対？　一体どこの部署が反対したのだろう？

福子が首を傾げていると、花枝は含みのある表情で言った。

「福ちゃんのいる外商部よ」

夏は日が長い。福子が定時で職場をあがると、商店街は夕焼けに包まれていた。

「外商部が猛反対したイベント、か……」

なぜ、という想いと、不安が胸の内で渦巻いている。

花枝からイベントのことを聞いた瞬間、これ以上ないアイデアだと思った。楽しそうで、みんなが明るい気持ちになりそうだ、と。

しかし、克己や松本（まつもと）はどんな顔をするだろう。

福子はもやもやを抱えながら、ゆっくり、ゆっくり商店街を歩く。

久しぶりに早く帰れたので、子供の頃から自分に優しくしてくれる人たちが、お店を商っている姿を見ることができた。

今日も変わらず、みな元気だ。

それが福子を安心させる。

しかし以前よりもお客さんが減っているように見えて、今ある光景は必ずしも、このまま続くとは限らないのだと、福子はぼんやり考えていた。

そのとき、ふわり、と。

香ばしい匂いが鼻腔（びこう）をくすぐった。

いい匂い……

深呼吸する。良い匂いが漂ってくる、オレンジ色の屋根のお店を覗（のぞ）くと、お春おばあちゃんがいつものように、お煎餅（せんべい）を焼いている。

「あああ、おかえりなぁさぁぁい。福ちゃんねぇ」

お春おばあちゃんのゆったりとした、独特な話し方。

福子はなぜか、泣きそうになりながら、ただいまと返す。

「お春おばあちゃん、私にお煎餅を一枚ください」

「はぁぁぁい。ありがとうございます」

お春おばあちゃんは、白い紙袋の中にお煎餅を入れて渡してくれる。

あったかい、あったかいお煎餅だ。

「私、頑張る、よ？」

「うんうん。そうかぁぁ」

お春おばあちゃんは、しわしわの顔をもっとしわしわにして笑っている。目が細くなって、見えなくなってしまうくらいに、しわしわだ。

「えらいえらい。えらいなぁ。よぉわからんけど、がんばれ〜」

「──はい！」

福子はあたたかくなった心を抱いて、下町の人たちに挨拶しながら帰る。

みんな優しい。

ここが、私が生まれた町だった。

大好きな、かけがえのない場所だった。

自宅が見えてくると、福子は拳を強く握りしめる。玄関で靴を脱ぎ、そのまま弟の部屋へと向かう。叫んだ。

「陸！　七福神巡りイベントやろう!!　私、この下町を守りたい！！！」

八百万百貨店において『外商部』の発言力は強い。
有能な男性販売員が高額商品をたくさん売り、その売り上げがデパートを支えているのだから、ある意味、当然ともいえる。
しかしそんな部署が『七福神巡りイベント』に反対する可能性があると、花枝は言うのだ。
『福ちゃん、いいこと？　男性陣と真っ向からやりあってもうまくいかないものよ。まずは、既成事実を積み重ねていきましょう』

『き、既成事実⁉』

『そうよ～。本丸を避けながら、それ以外の人たちを説得してゆくの。イベントの日程を決め、催事として承認されてしまえば、彼らも反対しにくいはず』

酸いも甘いもかみ分けた花枝は、軽やかに笑う。

『私はイベントが行えるよう、手を回すわ。福ちゃんは業務面のことをお願いね！　どこが欠けてもうまくいかないけれど、肝になるのは地元民と神社の協力になるでしょう』

『わかりました！』

福子はその日のうちに、下町の友人たちに連絡をとった。また週末に、みんなで集まることになった。

翌日からは、神社への協力要請である。

七つの神社の選出は、福子に一任された。

花枝は、福子が神様を相手に商品を売っていることを知らない。けれど、神社に営業をしていることは知っていたので、全て任せてくれた。

それは福子にはプレッシャーであると同時に、成長を認められたようで喜ばしいことだった。

はじめにお声がけしたのは、『翠天宮神社』の恵比寿様だった。

お会いしたい旨を伝えると、三日後に時間を作ってくれた。

世間は日増しに暑くなり、タンブラーの売れ行きは好調らしい。上機嫌な上にさらに若返った恵比寿神は、大笑をもって福子の案を受け入れた。

『おもろい！　福子が、わてまで巻き込んでくるとは思わんかったっ。ええよ！　良さそうなイベントになるなら、うちの神社も一口乗っからせてもらうわ〜』

さすがは商売の神様である。

自分の利益になりそうなら乗っかる。ならなそうなら降りる。

しかしただの損得勘定だけでないのが、恵比寿様の気持ちの良いところだ。

『おい、福子〜！　福を呼び込む名を持つ人の子よ！　まだまだいけるで〜!!　自信もっていけやー!!』

凄まじいパワーの言葉に、福子は背中をばしばし叩かれる想いだった。

次にお会いできたのが、『緋雨妙音天神社』の美音様である。

少し前に、反省し身を改めると言っていたはずだが、その日も老神主の近衛さんや巫女の紗月ちゃんに我が儘を言っていた。

『福子、仕方がないのだよ？　私が優しく労いの言葉をかけたら、近衛も紗月も、天変地異が起こると恐がってしまったんだ。無理はしないでください、と泣かれたら、私は我が儘に振る舞うしかあるまい？』

嘘か本当か定かでないことをのたまった美音様は、相変わらずである。

以前のように気ままで、七福神巡りに関しては興味がないご様子だった。

しかし、花枝に薦められた『代官山の白胡麻のフロマージュ』を出すや否や、態度は百八十度変わった。

『おお！　マリアンヌ夫人の、今月のオススメではないか!!　福子！　お前も、ブログを見てくれているんだなぁ』

最近は忙しくて見られてない。――とは言いにくかったので、福子はにこにこ笑ってもちろんですと返した。

それが功を奏した。美音様は、『緋雨妙音天神社』はイベントに参加すると断言されたのである。

『お前には、チケットの件で借りもあるからな。近衛たちには私が言っておいてやろう』

『あ、ありがとうございます！』

そんなこんなで、福子が動き出して十日で、協力してくれる神社が二つも。

残りは五つだった。

その内一つは、『七星神社』と決めているので、実際はあと四つ。

福子は今までお世話になった神社仏閣に、順番にアポイントを取った。恵比寿神や美音様のように、すぐに承諾とはいかないものの、どこの神様も反応は悪くなかった。

福子はしみじみ、克己の偉大さを思い知ったものである。

福子がちゃんと話を聞いてもらえたり、考えてもらえたりするのは、『彼』が良い仕事をしてきたところが大きかった。お客様の中には、克己が考えた企画だと勘違いしている方もいたほどである。

しかし、その当の本人には内緒なのだ。

外商部＝七福神ご奉仕部という図式を、花枝は知らない。花枝に相談するわけにはいかなかったが、外商部が七福神巡りを反対したのには、なにか明確な理由があるような気がしていた。

——果たして、『彼』が福子の行動を知ったとき、どんな反応をするのだろう。

それを考えると胃が痛いが、福子に止まる気はさらさらなく、

「福、いい加減もう寝なさい！」

「はーい。あと五分だけ〜」

その夜も、母に怒られるまで、福子は持ち帰った仕事に取り組むのだった。

福子は仕事に追われていた。

たまの休日も、下町の友人とイベント会議。毎日遅くに帰宅し、寝る間際まで仕事し、電池が切れたように眠りにつく。

そんな、仕事に明け暮れた日々を送る内に、季節は秋となっていた。

「時間が空いちゃったなぁ……」

二か月ぶりに『七星神社』の鳥居を見上げると、空はどこまでも高く、澄んでいた。

地面は色づいた葉に彩られ、歩くたびに心地の良い音がする。桂(かつら)の枯葉はキャラメルに似た甘い香りだ。福子は目を細めて、深々と息を吸った。

ずっと、気を張っていた。こんなふうにリラックスできるのは、ずいぶん久々な気がした。

しかし、境内に一歩踏み込むなり、福子は青ざめる。――驚くほど、神社が荒れていた。

「なんで、こんなにっ……！」

悲鳴をあげながら掃除道具を取り出して、掃除に取り掛かる。福子の雑巾(ぞうきん)を持つ手元に、影が落ちた。

「……福子、なぜずっと来なかったのじゃ？」

ひどく悲しげな声は、福禄寿だった。

おかっぱボブの少女神は、やつれた顔でそばに立っていた。今にもその場から溶け消えてしまいそうな儚(はかな)さに、福子はぎょっとした。

「ふ、福禄寿さま！」

心臓が、ばくばく言い出す。恵比寿神から聞かされた話を思い出した。

神は、人に忘れられれば消えてしまうという。

――まさか、本当に消滅してしまうの⁉

「あ、あ、あ、あの！　私っ……！」

「前は、我が心配するほどここに来ておったというに、プッツリと何も知らせず！　最後にここへ訪れた日から、何日たっておると思っておる？」

「そ、それは、仕事が忙しくて」

「前は忙しいと言いながらも、来ておったではないか⁉」

感情的に怒鳴った福禄寿の両の眼から、大粒の涙があふれ出す。

「我は、寂しくて悔しくて……」

「ごめんなさい！」

福子は福禄寿の前にしゃがみこむ。

ポロポロと、ポロポロと。涙がこぼれ落ちてゆく頬を、ハンカチで拭う。小さな頭に、そっと触れた。

大丈夫、福禄寿様は消えない。こんなふうに怒れるくらいに元気。でも……これからはもっと気を付けないと。

寂しがらせていたら、本当に消えてしまいそうな風情だった。

福子は福禄寿を見つめる。結んでいた唇を開いた。

「本日、私は福禄寿様にお願いがあって参りました。私がここに来られなかったのは、その準備をある程度、形にして、福禄寿様にお話ししたかったからです」

つぶらな黒目がちの瞳が、福子をじっと見ている。

「どういうことじゃ？」

「私は町おこしのために、七福神巡りイベントをしようと思っております。人が訪れるような楽しいイベントを開いて、千年町の下町と『七星神社』を明るくしたいと思っているのです！」

福子がそう熱心に言うと、福禄寿はふいっと視線をそらした。

「七福神巡りじゃと？　ああ、三十年前にも、そんなことを八百万はやっておったなぁ……」

「ご、ご存じなんですか⁉」

「じゃが、我は楽しくなかった。我のところは、『るーと』とやらから外れておって、誰も来んかったからな……！」

胸が痛くなるほどに、寂しげな響き。

ずっと下町を見守って、ずっと人が去ってゆくのを見送って、でも、どうすることもできない一人ぼっちの神様。

福子は福禄寿を励まそうと、言葉に力を籠める。

「今回は『七星神社』もルートに入れております。ルート上では、最後の神社。人間たちが楽しく一日を終えられるように、こちらには……」

「そんなことはどうでもいいのじゃ！」

熱心な言葉は、感情的に遮られた。

福禄寿は嫌みっぽく、ふっと鼻で笑う。

「福子、我は頼んでおったはずじゃ。その様子では、もう覚えておらんようじゃがなぁ」

「な、なにがで、ございますか……？」

「我は、福子に『灯り』を頼んでおったはずじゃ！　我はずっとずっと、それだけを望んでおる。なぜ、我が満足するものを持ってこぬのじゃ？」

涙に濡れて、力のない瞳が目の前。

……どうしよう、私のせいだ。

あまりにもらしくない様子に、自分がどれだけ福禄寿を寂しがらせていたのかを思い知る。

「ごめんなさい……」

福子は、小さな、小さな少女神をそっと抱きしめた。

「私、『灯り』のことを失念していました。目の前のことでいっぱいで」

「そうじゃな。人間は忘れてしまう。それが普通じゃ。福子も我を忘れてしまうのじゃろう……」

「いいえ！　私、福禄寿様のことは忘れていませんでしたっ」

「嘘じゃ！　我のもとに来なかったではないか!!」

「っ。それは――！」

悲しげな瞳に反論ができず、福子は口を閉じた。

「我は、七福神巡りになど参加せぬよ」

冷たく言い捨てられ、福子は息を呑む。数秒後、福子の中で、ふつふつと怒りがわいてきた。

「どうしてですか!?」

「決まっておる。そんなことなどしても、我の神社に人が来るとは思えんからじゃ」

全てを諦めてしまった瞳で、福禄寿は力なく笑った。

「見よっ、この荒れた境内を！　七星神社は、神主をしておった者が病気をしてな。最近は管理できておらん。これも、我の力が衰えた故じゃ。昔はこのようなことはなかったのに……」

福禄寿は福子の体を押すと、本殿のほうへ走っていく。

「福禄寿様！」

福子は慌てて追いかける。しかし、その姿がふっと目の前で消えた。

「っ……うそ！　福禄寿様っ、私にお姿を見せてくださいっ！　福禄寿様！！！」

恵比寿の放った『消滅』という響きが、頭の中でぐるぐると回る。

「福禄寿様！　福禄寿様!!」

——その日、福子が何度呼んでも、福禄寿が姿を見せることはなかった。

腹を立てて姿を隠してしまったのだろうか？

それとも消滅してしまったのだろうか？

福子は判断する術(すべ)をもたず、無人の神社で一人途方にくれるのだった。

それから、福子は毎日のように『七星神社』に足を運んだ。

しかし、いくら捜しても、小さな福禄寿神の姿はどこにも見つけられなかった。本殿のお賽銭箱(さいせんばこ)の上、下町を眺めるときに腰かける狛犬(こまいぬ)の台座、物陰のどこにも。

以前見かけた白鶴と大亀も姿を現さない。

――福禄寿神は、本当に消えてしまったのだろうか？

「どうして、こんなことに……」

福子は昨日もあまり眠れていなかった。はじめは機嫌を損ねて出てこないと考えることもできたが、福禄寿神が消えて二週間がたつ。

日に日に、心配は募っていった。

しかし、福子はそれでも仕事を頑張っていた。イベント成功が、福禄寿のためになるはずだと言い聞かせて。

準備は、ちゃくちゃくと進んでいた。五日前には、花枝の手腕で七福神巡りが新年の催事として承認され、イベント委員会が立ち上がった。

そうなると当然、イベントのために動く人も増える。

こっそり準備を進めていた福子だが、最近はそれをするのも難しくなり、克己に事情を話した。

克己は外商部の人間なので怒られると思った。しかし予想に反し、対応はあっさりしたもので、

『イベントにかまけ過ぎず、自分の仕事はしっかりやれ』

とのこと。

どうやら、あまり興味がないらしい。

花枝が言っていた、外商部に七福神巡りを反対されたという話は三十年前のことで、今は障害にならないのだと、福子は安心していた。

安心していたのだが……

「福ちゃん、上からイベントのストップが入った……」

その知らせは突然だった。

福子がバックヤードで、もそもそお昼ご飯を食べているところに、花枝が慌ててやってきたのである。

「花枝さん、やっぱり外商部が反対を？　私、説得してきますっ」

「待って！　福ちゃんが恐がると思って話せなかったけど……実は、三十年前に反対をした人って、今は外商部ではないの。もっと上の立場にいる人というか……もう！　忙しいはずなのに、意外と早くに気づいてくれたわね～」

「あの！　花枝さん、三十年前に反対していた人って誰なんですか？」

珍しく歯切れの悪い花枝に、福子は尋ねる。花枝は困ったような顔で答えることを数秒躊躇い、口を開こうとした、まさにそのときだった。

「福本くんっ！」

聞き覚えのある声が、二人の会話を遮ったのは。

声の主は、上司の松本だった。その隣には、面倒くさそうに克己が立っている。

「ちょっと来てください!!」

真っ青な顔で、松本は福子の腕を摑(つか)んだ。その強引な態度に、花枝が顔色を変える。

「あらあら、松本くん。新入社員の女の子相手に、いささか乱暴ではなくて？　七福神巡りイベントのことなら私が説明します。私が責任者よ。連れていくなら、私を。福ちゃんから手を放してくださいな」

やんわりとだがはっきり非難され、松本は花枝を睨(にら)んだ。

「……寿さん。確かにイベントが大問題なのですが、福本くんにはそれ以外のことでもお話ししなければならないことがあります。彼女を連れてくるよう、僕も上から命じられているのです」

「……なぜ、この子を？」

「あなたにも話せない事情があります。僕が彼女の腕を摑んだことは謝罪しますので、この場は引いてください」

そう言われては、花枝も引かざるを得なかった。福子は花枝に心配そうに見送られながら、松本と克己の後ろについていく。

……一体、どこに連れていかれるのだろう？

不安な気持ちで業務用のエレベーターに乗り込むと、松本が小声でその答えを与えた。

「代表がお話をしたいそうです」

「――代表って、まさか稲森千石氏ですか⁉」

松本にうなずかれて、福子も青ざめる。

稲森千石氏。

全国にある八百万百貨店の代表取締役社長である。

うそでしょ！　三十年前に七福神巡りを反対した人って……まさか、うちの社長なのっ？　どうして⁉

福子は激しく動揺し、助けを求めるように克己を見る。しかし、彼は無関心な目をしていた。

福子は為す術もなく、最上階の『特別室』に連行される。

ここに訪れるのは二度目だった。

一度目は入社二日目。

七福神ご奉仕部の一員となって頑張るよう、鼓舞された。あのときも突然の呼び出しに震えあがったが、稲森は朗らかに応対してくれたので、なんとか話せた。しかし今日は、

「福本さん。急に呼び出してしまって、すまなかったね」

マホガニーの机に座る老紳士は、苦々しい顔をしている。

「単刀直入に。七福神巡りイベントを立ち上げようとしていると聞きました。入社半年で

目を瞠る行動力です。しかし、即刻、中止にしてください」

厳しく言い渡され、福子は顔を歪める。

「ど、どうしてですか⁉　なんでっ」

「福本くん、落ち着きなさい。代表の前だ」

松本に肩を押さえられるが、福子は黙ってなどいられなかった。

「代表っ、なぜ、七福神巡りをしてはいけないのですか⁉　なぜ、三十年前に『七福神ご奉仕部』は翌年の開催に反対したのですか？　人間たちが神様のもとを訪れれば、神様の力は回復するのにっ。福禄寿様だって、きっと‼」

「福本さん……」

己の保身を考えず直談判してくる若い女性に、稲森は吐息をこぼす。孫でも見るような、優しい瞳で福子を見やった。

「あなたの優しい気持ちは伝わってきます。しかし、三十年前。神様の一柱から、我々は大変なお叱りを受けました。このイベントは一部の神々を特別扱いしている。好ましいものではない、と。――僕は、その通りだと思いました」

「と、特別扱いなんて……」

「していないと言えるでしょうか？　福本さんのおっしゃる通り、イベントに関わった神社仏閣には人が集まるでしょう。しかし関われなかった神様には、寂しい思いをさせていないと言えますか？　我々は、お客様に平等でなくてはなりません。特別扱いはできないのです」

まったく予想していなかった事情に、福子は言葉を失った。

一部の神様を特別扱いしている。確かにそれはもっともで、無視できなかった。けれど……

「でも！　このイベントは、人間も神様も幸せにできるんです。私は、そう感じているんです……！」

福子は絞り出すように反論する。

消えてしまった福禄寿の力となり、寂れゆく下町に活力を与えるイベント。これはきっと、再生の一手だというのに……！

「あなたがなぜそんなにイベントに入れ込むかわかりませんが、覚えておいてください。神と人との間には、深い深い、溝があります。それは、決して侵してはならないのです」

稲森は厳かに首を振る。松本も、福子の肩を掴む手に力をこめた。

「福本くん、下がりなさい。君はわかっていないようだが、上司の僕になにも相談もせず企画を進めようとしていた時点で、とんでもないことなんだ。社会人としての常識に欠けている。運営には、僕が責任をもって話をつけるから、納得しなさい」

「ま、待ってください！　みんな、一生懸命、準備を進めてきたんですっ。今まで頑張ってきたんです……今さら、そんな……」

福子はすがるように松本を見つめるが、松本の目は冷ややかだった。

「君はもうそれ以上、考えなくてよろしい。上司への報告義務も果たせずに、こんな大イベントを成功させられるわけがないのです。もういいから、通常業務に戻りなさい」

冷たく言い捨てられ、福子は呆然とする。稲森も、話は終わりだと言わんばかりに、視線をそらす。

まさに、そのときだった。

「三十年前、イベントに不服を申し立てたのは、どちらの神様になるのでしょうか？」

美麗なテノール。

問うたのは、それまで黙っていた克己だった。彼はこの剣呑とした雰囲気にそぐわないほど優雅な微笑みを浮かべて、稲森をまっすぐに見つめた。

稲森は一瞬、虚を衝かれたように目をパチクリする。しかし、悠然と答えた。

「『七星神社』の福禄寿様だったと、記憶しております」

「っ……え、福禄寿様なんですかっ！　でもそれはきっと……！」

「福本」

克己の切れ長の瞳に黙れと言われ、福子は口を閉じた。

「稲森代表。稲森代表のご指摘の通りです。福本の行動は軽率で、短絡的で、何も考えていない。僕は三十年前のことを存じ上げませんでしたが、このイベントの話を彼女から聞かされたとき、影響の大きさに身震いしました。――良くも、悪くも」

良くも、悪くも、と克己は再び繰り返す。

「悪い点は、代表が仰った通りです。イベントに関われなかった神々のご機嫌を損ねかねないと、思いとどまるのが正しいでしょう。しかしながら……それを差し引いても、やる価値があるように、僕は感じました」

「黒守っ、福本くんはともかく、お前まで何を馬鹿なことを……！」

松本は慌てて、克己を咎める。しかし克己の微笑みは揺るがない。

稲森はふむ、と両手を組んで、克己を見上げた。

「君は、黒守さんでしたね。我が百貨店、売上トップの。たいへん優秀で、お客様にとても愛されている外商員だと聞いております。――そんな君が、なぜそのように感じるのですか？」

「最近、以前にも増して、この世界が暗く沈んでしまっているように感じるからです」

克己は一歩前に出て、自分の想いを話し始めた。

「百貨店は、お客様に『楽しさ』を提供できる場でなくてはなりません。これは神様に限った話でなく、人間のお客様にも、たくさんの方々に楽しんでいただきたい。僕はそう思ってこの仕事をしています。しかし、僕の努力不足を棚に上げて申し上げるのは大変気が引けますが、昨今、地域自体が沈みこんでしまっている。お客様が『楽しさ』に目を向けられない、気づくことができないほどに、沈んでいるのです」

「だから、君も、地域活性のためにイベントをしたいと。たしかに、年々、百貨店の売り上げは落ちています。しかしだからといって、神々の機嫌を損ねていいわけがありません」

そう稲森は渋ったが、克己は首を振った。

「いいえ。神々は、人を愛してくださっています。人の喜ぶ姿を見るのが大好きな方々です。今、我々が本当にすべきことは、そんな神々の顔色をうかがうことでしょうか？　この世界が明るく、楽しくなるお手伝いをすることではないでしょうか？」

説得力のある、熱く、重い言葉だった。

稲森はしばらく黙っていた。克己の顔をじっと見つめ、福子を一瞥する。

「僕はね、以前、『七福神ご奉仕部』にいたんですよ。ずいぶんと昔の話になりますが――『七星神社』の福禄寿様にも鍛えてもらいました。とても慈悲深い方で、でも怒りっぽいところもあって。その強気な神様が、イベントの後にひどく寂しがられていたことを覚えています」

稲森は真剣な目で、福子を見ている。

「七星神社の福禄寿様のように、イベントのことで傷ついた神様が出たら、あなたはどうしますか？」

「──私は、その方の傷が癒えるように、会いにいきます」

福子はそう答えてから、自分は大した力を持たないと思った。

できることが少ない。克己のように深く考えることもできない。

けれど……そんな福子に、稲森はふわりと笑った。

「黒守さん、君なら、どうしますか？」

その問いは、何かを試すような、いささか悪戯っぽい響きだった。

克己は自信に満ちた笑みをもって応える。

「ご納得いただけるまで、僕は何度でも足を運びます。そして、我々の想いは、必ず届くと、確信しているのです！」

「……なるほど。君たちの気持ちはわかりました」

稲森は吐息をついた。天を仰ぐ。

「僕は現場から離れて、少し臆病になっていたのかもしれませんね。──いいでしょう。若い人たちが、最前線でこれからを切り開いていく。僕もそんなイベントに興味が湧きました。やってみなさい」

「……あの！　そ、それはイベントを行っても良いということですか!?」

「ええ。許可しましょう」

稲森は福子に向かってうなずく。

よかった！

福子はぱっと笑って、克己を振り向く。その彼女の横を、克己は通り過ぎた。

「代表、松本さん。申し訳ありません。僕は業務がありますので、失礼させていただきます」

克己はスマートに一礼し、その場を立ち去る。

福子は彼が出ていった扉を見つめ、胸元で右手をぎゅっと握りしめた。

「す、すみません！　私も仕事がありますので失礼します!!」

福子が部屋を飛び出ると、克己はエレベーターに乗ろうとしているところだった。

「待ってください！」

克己と目があう。しかし彼はエレベーターの閉じるボタンを、躊躇(ちゅうちょ)なく押した。

扉が閉まりそうなところを、福子はぎりぎりで乗り込む。

「っ……！　待ってって、言ったじゃないですか!?」

「そうか、聞こえなかった」

絶対！　絶対に聞こえたはずなのに〜!!

福子は唇を尖らせて、克己を睨む。睨んでから、諦念のため息をついた。

「さっきは、ありがとうございます。七福神巡りイベントの味方をしてくれて」

まさか、助けてくれるとは思わなかった。

しかし、反対された理由に神様のことが絡んでいる以上、『七福神ご奉仕部』エースで信頼の厚い克己の口添えがなかったらイベント続行は難しかったはずだ。

「本当に、ありがとう。助かりました」

福子は心の底から礼を言い、深々と頭をさげた。それに対する克己の態度は、素っ気ないもので、

「俺は、デパートマンとして、正しいと思うことをしただけだ」

横顔は冷ややかだ。数分前、社長に向かって熱く、販売員としての気持ちをぶつけたとは、とても感じられない。

でも、あのときの、あの言葉は彼の本当の気持ちだと、福子は思う。

『この世界が明るく、楽しくなるお手伝いをすることではないでしょうか？』

お客様を満足させることに飽き足らず、この世界すら変えてやろうとする野心。

負けたくない、と福子は克己をまっすぐ見上げる。克己は綺麗な顔を、嫌そうに歪めた。

「おい、福本。お前、うるさい」

「な！　私、今なにも言ってませんっ」

「顔がうるさいんだ、顔が」

克己は舌打ちをする。何の気なしに言ってきた。

「お前わかっていると思うが、『七星神社』の福禄寿様に、今回のイベントの件、ちゃんと承諾をもらっておけよ」

その言葉に、福子は顔を曇らせる。

「それは……」

それ以上、言葉がでなかった。

福子は急に不安になって、動けなくなってしまう。

「おい、どうした？」

「ふ、福禄寿様が、私の、目の前で消えてしまったん、です……」

誰にも相談できなかったことを口にした瞬間、涙が溢れだした。

「何度会いに行っても、姿を現してくださらないんですっ。福禄寿様は、力が弱くなっていたから、本当に消えちゃったのかも！　わ、私が会いにいかなかったから！　それで、福禄寿様は消滅……っ」

「落ち着け！」

鋭い一喝に、福子はハッとする。

「……すみません」

克己は冷静な目で、福子を見ている。

「神の消滅と言ったな。そういうことがあると、俺も聞いたことがある」

「やっぱり……」

「だがっ、俺には、その判断はできないし、する必要もない。お前の愚痴を聞く気もない！」

厳しい、響き。

克己に突き放されて、福子は途方に暮れる。克己はため息をついた。

「福本。ここで俺に泣き言を言う暇があるなら、お前は、やるべきことをやれ」

「で、でも……」

福禄寿様は、もういないかもしれないのに。

言いかけた言葉を、福子はぐっと呑み込んだ。言葉にしたら本当にそうなってしまう気がして、恐かった。

一生懸命、泣くのをこらえて克己を見上げる。克己はふっと笑った。

「なあ。お前は何のために、販売員になった？」

……何のため？　そんなのは決まっている。

「お、お客様を喜ばすためです！」

「だろうな。それで、今のお前の、一番、喜ばせたいお客様は誰だ？」

「『七星神社』の福禄寿様ですっ」

「どうすれば、その方は喜んでくださる？　お前は、その方に何ができる？」

福禄寿様が喜んでくださること。今の自分にできること。

淡々とした問いかけに応（こた）えていく内に、福子の心に芯（しん）が生まれた。克己は最後に、福子の背を押す。

「走れ、福本。全てやりきってから泣け」

「っ……はい!!」

社長の承認も得て、七福神巡りイベントは、新年の目玉イベントとなった。

八百万百貨店内では、三十年ぶりの大イベントに浮足立つような空気が流れ始め、『七福神ご奉仕部』のメンバーも業務の合間にイベント準備を手伝ってくれた。

特に、克己の交渉能力は高く、七福神巡りへの参加を保留にしていた神社仏閣から、あっという間に快諾をもぎ取ってきた。

凄い先輩である。

花枝は全体指揮を執って、指示を飛ばした。

当日の七福神巡りのルート、ルート上にある店舗への協力要請、交通機関の確認、マップの作成、イベント広報などなど——やることは山のようにあった。

福子はこの段階になって、ようやく事の大きさを実感し、身震いしたのである。

とてもじゃないが、一人でできるイベントではない。いろんな人たちの尽力に感謝しつつ、福子は福子で己の仕事に励んだ。

福子の担当は、もちろん千年町の住人への協力要請がメインとなった。

『ごめんください。竹本のおじさん、いますか～？』

『おー、福子どうした？』

『実はお願いがあって……』

福子は連日、下町に通い詰めた。

イベント開催の一月二日は、例年、千年町商店街はお正月休みなのである。

一店舗一店舗、八百万百貨店の人間として説明とお願いに伺った。それとは別に、福子には、弟の陸や商店街の若者たちとのイベント打合せもあった。

その打合せの中で、『七星神社』の修繕の件があがった。

福子が時間を作って掃除をしていることを知ると、彼らも手伝うと申し出るのだった。

「おー、またよーく見ると、あちこち壊れてるなぁ」

「いやぁぁ、これはなかなか骨だねぇぇ！」

冬晴れの午後一時。

『七星神社』の境内には、十二名の若者が集まっていた。

「さーて、どこから手をつけたらいいもんか」

手水舎（ちょうずや）の柄杓（ひしゃく）は底が抜けているし、本殿の屋根の雨どいはゴミがたまって放っておけばヒビが入ってしまうだろう。

お賽銭箱（さいせんばこ）の塗りが剝（は）げているところも補修したいし、イチョウやサカキの落ち葉も掃き清めたい。

福子があちこち気になるところをあげると、彼らは笑って、動き出した。

「お姉ちゃんっ、もっと早くに掃除のこと言いなよ。これはお姉ちゃん一人じゃ無理だ！」と言ったのは、最近、頼もしさが増した弟の陸。

「福は小さいのに、子供の頃から一人でよく動くよね～」とは、福子と小学校から高校まで一緒だった同級生の美奈子。

美奈子は三月に出産予定で、大きなお腹をしている。参加してくれるだけでもありがたいのに、これがまた、テキパキと動く。

下町のみんなは働き者だなぁと、福子は改めて思いながら、雑巾片手に負けじと動く。

大人数でやれば、掃除も修繕も進みが早い。三時間ほどで、大方のことは終わってしまった。

「まあ、今日はとりあえずこんなところで。イベント前にまた集まって掃除な～！」

「ここは、当日のメイン会場になるわけだしな」

レジャーシートを敷いて、和気あいあいと、みんなで休憩を取る。そのうち一人が輪から飛び出して、狛犬のところで立ち止まった。

八百屋のタカ兄ちゃんだった。

千年町の下町が一望できるその場所で、彼は振り返った。

「なあ！　みんな!!」

右の拳を高々と、天へ向けて突き上げる。

「俺達には！　この下町を明るくする力が、あるはずだ!!」

みんなびっくりして彼を見た。福子もポカンとした。

次の瞬間、一人が噴き出して、

「そうだそうだー　俺達の力はこんなもんじゃないぞぉ！」

「言うねぇ。よっしゃっ、その勢いのまま、もうひと働きしてもらおうじゃないか！」

笑いの渦は大きく広がっていった。

やっぱり、いいなあ。

福子も口を開けて、笑った。笑いながら、天を仰いだ。

――福禄寿様、見てますか？

心の中で呼びかける。福禄寿の姿は、今日も見当たらない。それでも、話しかけずにはいられなかった。

みんな、この町が大好きなんですよ。見ていてくださいね。

福子は両手を握りしめる。

「頑張ろう！」

世の中、どうにもならないことはある。

相変わらず、福子の父は店を閉めると言って聞かないし、お春おばあちゃんのお煎餅屋さんは、気づけば閉店していた。

福禄寿様はお姿を見せてくれない。

どうにもならないことはある。

それでも、自分にやれることは確かにある！

私が福禄寿様にできること。あとは、なにがあるかな……?
『我は、『灯り』を欲しておるのじゃ!』
ふいに、福禄寿の声が聞こえた気がした。福子は後ろを振り返る。
そこには誰もいない。
福子はため息をついてから、小声で応えた。
「承知いたしました。福禄寿様……」と。

暦は十二月の半ば。イベントまであと二週間を切っていた。
そして、十二月は古来、師走というように、師が走り回るほどに忙しい時期。月日はあっという間にすぎ、イベント当日となるのだった。

その特別な朝、福子は目覚ましが鳴る前に、母親に起こされた。
まだ外は薄暗く、時刻は五時。

食卓にはお雑煮とおせちが用意してあって、福子は、母はいつ起きたのだろうと驚いていると、お弁当まで渡された。

「作ってくれたの!?」

「当たり前でしょ？　――それよりも、あんたいつまで寝巻でいるの？　今日は早いんじゃないの!?」

「う、うん」

福子は母に急かされながら、鰹節のだしがきいたお雑煮をすする。

しばらくすると陸が起きてきて、福子と同じようにお弁当を渡されていた。

父は、寝ているのだろう。数日前、イベントのときだけでもお店を開けてくれと頼んだけれど、断られた。

その代わりに、母は妙に気合が入っている。母のありがたみを感じながら、福子は『ごちそうさまでした！』と手を合わせた。

「よし！」

ささっと歯を磨いて顔を洗い、自分の部屋に戻る。

昨晩、化粧箱から取り出し吊るしておいた、それを、じっと見る。

福子が自分で働いたお金で初めて買った、オーダーメイドのスーツ。

社割で値引きされているけれど、自分がこんなに高い服を買う日が来るとは思わなかった。

「よ、よし！」

　再度、気合をいれて、恐る恐るスーツに指を伸ばす。

　少しひんやりとした裏地。

　採寸してジャストフィットのスーツは、着心地が良い上、明らかにいつもよりスタイルが良く見えた。

「オーダーメイドって魔法みたい。やっぱり、すごい……」

　何度か試着したけれど、身に着けるたびに感動してしまう。

　福子が鏡の中の自分に魅入っていると、下から母の声がした。

「は、はーい！」

　慌てて、福子は髪を結ぶ。

　髪を結ぶ日と、結ばない日があるが、今日は結ぶ日。

　正念場だ。気合を入れていこう！

　福子は自分の頬をたたいて活をいれると、マフラーを巻いた首をすくめて出社した。

「福ちゃん。新年、あけましておめでとうございます！」

「あ、あけましておめでとうございますっ」

　いつもよりずいぶん早く家を出たつもりが、更衣室にはすでに花枝がいた。気合が入ったメイクと装いである。

「花枝さん、法被姿お似合いですっ」

新年初日の営業は、従業員一同、新年をお祝いする。来ていただいたお客様を寿ぐ。そのために、みな、揃いの法被で出迎えることになっていた。

福子もオーダーメイドスーツの上に法被を羽織ると、花枝に背中を叩かれる。

「福ちゃん、今日はそれぞれ頑張るわよー！」

「はい！」

今日は七福神巡りの他に、初売り、福袋、その他イベントが盛りだくさんのため、みんなてんてこ舞いになるだろう。

それぞれの部署で本日の申し送り、確認などしている内に、開店三十分前になっていた。

「わぁ！　もうあんなに、お客様が並んでるっ!!」

開店時刻は十時だが、福袋を求めるお客様の長い列が窓から見えた。法被を着た百貨店員が、使い捨てカイロを配っているのがうかがえる。

「外で並ぶの寒いだろうなぁ」

福子が思わずそう呟いていると、館内放送で開店を早める知らせが流れた。福袋などの販売担当があせって動き出し、数分後、開店を知らせる音楽が鳴り始める。

いよいよだ。

外で待っていたお客様が入店をはじめる。

「いらっしゃいませ！」

「あけましておめでとうございます！」

「お客様、押さないでゆっくりご入店ください！」

いよいよ、勝負の一日だ。

福子はお客様の流れに巻き込まれないよう、バックヤードから自分の持ち場へと急いだ。

七福神巡りの受付は、一階南のイベントフロアに設置されていた。

福子が到着したときには、すでに多くのお客様が訪れている。四十代以上の女性が多いが、若いカップルや親子連れも、イベントマップと色紙を受け取っていた。

「七福神巡り、楽しみ！　最初の神社は、えーとぉぉ……」

楽しそうに話しながら、参加者たちは外に出てゆく。福子は緊張の面持ちでその様子を見守っていたが、後ろから、松本に肩を叩かれた。

「福本くん、そろそろ見回りに行こう」

「は、はい！」

七福神巡りのイベントルールは、このようなものだった。

八百万百貨店で配布したマップ上の七つの寺社を巡拝し、イベント用の色紙に、御朱印をいただく。七つの御朱印を集めて持ち帰ると、今年の干支の手ぬぐいがもらえるという流れだ。

ちなみに御朱印とは、神社仏閣の人間が、寺社名やご本尊名を筆で書き、ご宝印を添えて発行する参拝証明書のことである。最近、御朱印収集が女性たちの間でブームになっているせいか、福子の想像以上に参加者が多いように感じられた。

参加者が多いのは喜ばしい。

しかし人が多ければ、それだけトラブルが発生しやすくなる。特に、彼らが気を付けているのは、イベント参加者が迷子にならないかという点だった。

「一番目のポイントは、こちらですよ〜」

そんなわけで、曲がり角など要所要所に、八百万百貨店の法被を着た人間が立っている。イベント範囲が広いため地域住民の方々も、イベントマップを持った参加者を誘導してくださっている。

「すっごいなぁぁぁ！」

地域と百貨店が協力しあうイベント。

それを目の当たりにして、福子はため息をついた。

「福本くん、感心してないで急ぎますよ！」

「はーい！」

松本に叱られて、福子は足を速める。

福子たち、『七福神ご奉仕部』の人間は、七つの神社仏閣の見回りが割り振られている。

二人は参加者たちと同じ電車に乗って、『緋雨妙音天神社』を目指すのだった。

「最初の神様は、弁天様だよ！」

「お母さんっ、早く早く～！」

福子たちが『緋雨妙音天神社』の千本鳥居の下を歩いていると、小さな子供たちに追い抜かれた。

十歳くらいの男の子と女の子。双子かもしれない。

母親らしき女性が慌てて走ってきて、会釈しながら福子たちの横を通り過ぎていく。

「松本さんっ、あんな小さなお子さんも参加してくれているんですね！」

福子は微笑ましく思いながら彼らを眺めていると、女の子が嬉しそうに笑うのが見えた。

「ねえねえ、お兄ちゃん。神様のスタンプラリー、楽しいね！」

神様のスタンプラリー!?

子供の発想は柔軟だ。あちこちの神様のもとへ行って、御朱印をもらって回っていく。それはまさにスタンプラリーだなと、福子は面白くなった。

境内に到着すると、福子たちは周囲を見回した。社務所には御朱印をもらう列ができていて、イベントは大盛況のようである。

本殿の端で老神主の近衛とも話し、問題なくイベントが進んでいることを確認する。

「近衛様、この後もどうぞよろしくお願いいたします。なにか気になることがありましたら、すぐに、ご連絡ください！」

福子たちは深々とお辞儀をする。次のポイントに移動しようとしたときだった。

ここに出てくるはずもない、朱い衣の女性が走ってきたのは！

「——大変だ、福子！」

「み、美音様っ！　こ、こんなところに出てきて、どうなさったんですか!?」

美音様のお姿は見えないが、本来は奥に隠れていらっしゃる方である。

福子も松本も近衛もみな驚いて、美音様を見つめる。すると、

「マリアンヌ夫人のスイーツブログに、七福神巡りイベントのことが書いてあるんだ！」

予想外のことを言われて、福子は呆気にとられた。

「……は？　はい？」

「ほ、ほらっ、見てくれ！」

福子は美音にタブレットを見せられる。普段、スイーツを紹介しているブログに、たしかに八百万百貨店の七福神巡りのことが記載されていた。

「すごいだろう！　私はさっき気づいて目を疑った。マリアンヌ夫人がこういったイベントのことを掲載するのは初めてなんだ!!」

ブログには、『今年一年、幸せに暮らせるよう、七つのご利益をいただきに参りませんか？』と書かれている。しかし、福子の目が釘付け（くぎづ）けになったのは、いっしょにアップされたブログの写真だった。

そこには、七福神巡りのマップを持った女性が映っていた。顔は映らないよう、首から下の写真だが、彼女が身に着けているアクセサリーに見覚えがあった。

「う、嘘（うそ）でしょ！」

このネックレス、知ってる！　このお花のシェルカメオ。それにチョコレートブラウンの髪の毛。あ、あの方が、マリアンヌ夫人だったなんて!!

「福本くん、どうかしましたか？」

「い、い、い、いえ！　なんでも！」

福子が動揺を抑えていると、松本は感心したようにつぶやいた。

「なるほど。SNS上で話題になっているんですね。これは、午後はもっと参加者が増えるかもしれませんね」

「そういえば、公平もツイッターでこのイベントについて呟いていたな。マリアンヌ夫人ほどではないが、あいつにもファンがついている。若い女性が来てくれるんじゃないか」

「え！　そうなんですか!?」

公平とは、音楽の神様である美音様に、日本一のバンドマンになると誓った青年のことである。

福子は美音様に笑いかける。

「美音様。彼も、イベントに参加してくれるといいですね！」

「そうだな……」

イベントは順調すぎるほど順調に進んでいるようだった。美音は上機嫌に笑う。

「福子、ありがとう！　またな!!」

二人は午前中に三つの神社仏閣をめぐった後、境内の片隅で、お昼休憩を取らせてもらうことになった。福子が母親お手製のおにぎりを頬張っていると、松本の携帯が鳴る。
「わかりました。すぐに戻ります！」

「ま、松本さん、どうしたんですか⁉」

「本部のほうで、トラブルが発生したようです。僕は戻らねばっ。し、しかし福本くんを一人残すのは……」

「私は一人で大丈夫です！」

やはり、今日はみな忙しい。躊躇う松本に、福子は任せてくださいと胸を張った。

「なにかあったら、すぐに連絡するように！」

「はい！　松本さんは、早く行ってください！」

福子は松本を見送ると、再びベンチに座ってお弁当を食べる。

冬の風は冷たいが、天気はよかった。おにぎりのご飯粒を落としたらしく、尾の長い小さな鳥が、福子の足元をつついている。

長い尾が上下するのをしばらく眺め、福子は立ち上がる。

「さて！　そろそろ行こう」

午前中の見回りは何事もなかったが、気を緩めずにゆきたい。

そうして、福子は一人歩き出した。

　さすが新年というところだろうか。

　地元の有名神社である『翠天宮神社』は、人で溢れ返っていた。イベント参加者と初詣の参拝者が押しかけ、鳥居の前は人込みができているのである。

　福子は渋い顔になった。

「これは、中に入るのにも時間がかかりそうだなぁ……」

　福子が神社の入り口にたたずんでいると、視線の先で、イベントマップをもった五十代の女性三人が参拝を諦めて帰ろうとしていた。

　福子がどうしようか考えていると、高校生らしき少年が、ご婦人たちに声をかける。

「おねえさんおねえさん。ごめんなぁ、混み合ってて！　まあ、せっかく来たんやし、外からでも手を合わせて、恵比寿様に参拝してかんかぁ？」

「あらあら、お姉さんだなんて。……でも、そんなやり方でもいいのかしら？　恵比寿様に失礼じゃない？」

「そないなことあらへん。敷地の外からでも、別嬪さんたちに手を合わせてもらえたら、神さんだって男や。嬉しいに決まってるやろ！」

　そんなふうに言われては、女性たちも嬉しくないわけがない。少年に言われたように、いそいそと手を合わせる。

　彼女たちの参拝が済んだのを見届けると、彼はさらに言った。

「あそこで御朱印がもらえるさかい、忘れずによってってやぁ！　あと、お姉さんたち寒ないか？　甘酒も売ってるから、そっちもよろしゅう頼んますー！」

流暢な商売文句に、聞いていた福子はため息である。

……『彼』が誰か、福子には分かってしまった。

ご婦人たちがいなくなると、福子は彼に近づく。遠目では分からなかったが、作務衣を着た少年は、そうそうお目にかかれないほどの美少年である。アイドルさながらのオーラと、力強い濃紺の瞳が魅力的で、それはまあいいのだが、

「恵比寿様……」

「よう、福子！」

「よう、じゃありませんっ。拝まれる対象が、どこでなにをしてるんですか!?」

「何って、見ての通りや！　お客様は神様やからな。御朱印代と甘酒の売り上げに貢献してもらえるよう、誠心誠意、もてなさんと!!」

ちょっと目を離した隙にまた若返った恵比寿神は、楽しそうに笑っている。福子はいろいろ言いたい言葉を呑み込んで、目を閉じた。

「……こちらは恵比寿様がいらっしゃるので、イベント運営に問題は出なそうですね」

「なんや！　福子、心配して見に来てくれたんか!?　ありがとうな!!」

「いいえ、仕事なので」

「ほんま、ありがとうな。福子！　お前はやっぱり『福を呼ぶ子』やったわ。今日は、たのしゅうて、しゃあないわ!!」

福子はちょっと目を見開いて、面映（おもは）ゆそうに笑った。

「いーえ！　こちらこそ、いつもありがとうございます!!」

『翠天宮神社』は、商売の神様がイベントを取り仕切っている。たとえ何か起こっても、問題なく収まるだろう。

福子はそう判断し、最後のポイントへ向かうことにした。

千年町駅の改札口を出ると、福子は大きく伸びをした。

もう時刻は三時を過ぎている。今日は一日中出ずっぱりな上、冬の空気は冷たく、体力をずいぶんと消耗していた。

さすがに疲れたなぁと思いながら歩いていた福子だったが、商店街が見えてくると、そんな疲れは吹っ飛んだ。

「いらっしゃいませ～。寒い中、来てくれてありがとうございます！」

「美味（おい）しいコロッケですよぉ。揚げたて！　ぜひぜひ食べていってやってください!!」

「わぁぁぁ、懐かしい！　駄菓子屋さんがあるよ。ねえ、ちょっと見ていこうよ」

「美味しい!!　見て見て、この大判焼き。大きくてアンコがぎっしりだよ!!」

人、人、人。

いつもなら考えられないほどの数のお客様と、活気にあふれた下町の人たちの笑顔。

「うわぁぁ、こんなにお客様が来てくださったんだ！」

福子は、涙が出そうになった。

こんなに賑わっているのは、いつぶりだろう。

嬉しくて嬉しくて、笑み崩れながら歩いていると、あちこちのお店から、声をかけられた。

「福子、見てみろ。今日は大繁盛だ！」「福ちゃん、お仕事お疲れ様！」「正月だ。お前も一杯呑んでけ呑んでけ」「ダメだってば！　福は仕事中だよ～」

福子はその一つ一つに笑顔を返しながら、商店街を練り歩く。

明るい人の輪。

ずっとずっと夢見ていた、奇跡みたいな光景がそこにはあった。

そして――

「……本当に、夢みたいだ」

福子は心の底からそう呟いていた。なぜって数日前に閉店したはずのお店が開いていたから。

「お父さん！」

豆腐屋『まめふく』

数日前に閉店したはずの店には、以前と同じように、作り立ての豆腐や豆乳、油揚げが並んでいる。

店の中には、父と陸がいた。

「お父さんっ、お店開いてくれたの⁉」

福子は父に声をかけたが、なぜか、目をそらされた。少しきまり悪げな顔をしている。代わりに、母が奥から出てきた。

母は嬉しそうな顔で、福子を外に連れ出す。

「当たり前でしょ！　あんたと陸があんなに一生懸命やってたんだから‼　お父さん一人、店を閉めてなんていられないわよっ」

「え！　お父さん、そんなふうに思っていたの？」

「……まあ、それだけじゃないけどねぇ。陸には内緒よ？　実はね、昨日(きのう)の夜に、店をこのまま閉めるなら離婚してやるって言ったの。お母さん、お父さんが一生懸命、お豆腐を作ってる姿が好きだからさ～」

福子は啞然(あぜん)とした。

母は今朝、そんなことを一言も言っていなかったのに。父は父で、福子と陸がいくら言っても聞かなかったというのに。

母は強い、と福子は思った。

「お母さんは、凄いねっ。ありがとう！」

「ふふ、何言ってんのっ。凄いのはあんたよ？」

母は誇らしげに、福子の頭を撫でる。

「いつの間に、こんなに大きくなったんだろうねぇ。私は嬉しいよ」

福子は不思議そうに首を傾げる。

「お母さん、私、背が伸びた？　変わんないと思うんだけど？」

「……あんた、相変わらずボケてるわね〜。そういうんじゃないんだけど。まあ、いいわ！」

母はおかしそうにしながら、福子の髪をすいた。

「今日は本当にお店を開けてよかったよ。さっきねぇ、うちの豆腐を試食していった人が、ここの豆腐はすごく美味しいから、うちのデパートに商品を置きませんか？　って言ってくれたんだ」

「へ？」

福子は目を丸くする。

「なんだか、えっらい美形の若い男。八百万百貨店の法被を着ていたから、あんたも知ってる人かも」

「本当に!!」

福子は思わず大声をあげて、母の手を取った。

嬉しかった。

このイベントで、うちの豆腐を認めてくれる人が出てくるなんて！

もしかしたら、これでお店も続けていけるかもしれないっ。

「っ……ぃやったぁぁぁ!!」

青空の下で。

福子は母の手を持って、万歳をしたのだった。

思いがけない朗報に福子は興奮していたが、ふと、自分が仕事中なのを思い出した。
「ごめん、お母さん。もう行くね！　あとでその話、詳しく教えてね!!」
「はいはい。仕事、最後まで頑張ってらっしゃい！」
「はい！　いってきまーす！　……あ！！！」

「なに!? 大きな声を出してっ」

「忘れ物してた……」

母に呆れ顔で見送られながら、福子はお店の裏にある自宅へと向かう。急いで階段を上り、昨日から自室に置いてある、その包みを大切に抱えた。

「よし！ 行こうっ」

再び、商店街を歩く。

目指す先は、『七星神社』だ。

しかしあちこちの商店で声をかけられて、なかなか前に進めない。七星神社を見回ったら、八百万百貨店に戻らなければならなかったので気が急いた。

時刻は五時。

冬の日の入りは早く、すぐに暗くなっていく。

福子が『七星神社』の前についた頃には、周囲は真っ暗となっていた。

「ここがラスト!!」

叫んでから、福子は表情を明るくする。

今日は特別な日。

七星神社はお祭り用の提灯で彩られ、闇の中、きらきらと浮かび上がっていた。

福子は鳥居の前で、深々と一礼した。心を整えてから歩き出そうとし、止まる。見知った顔を見つけた。

「黒守さん！」

「……福本か」

先に見回りをしていたのだろう。克己がちょうど『七星神社』から出てくるところだった。

「見回り、お疲れ様です！」

福子はその場で軽くお辞儀をし、ふと、克己が持っているビニール袋に目がとまった。

「あれ？　その袋って……」

「これか？　商店街で買った豆腐だ」

「――え!!」

「な、なんだ？　言っておくが、俺は仕事をさぼって買ったわけじゃないぞ？　これも仕事の内だ」

……どうやら、克己は福子の家が豆腐屋と知らないで買ったらしい。

お母さんが言ってた、うちの豆腐を認めてくれた、えっらい美形って黒守さんだったのか。

なるほど、母の審美眼は正常だ。これ以上の美形はそういなかろう。

福子がふつふつと湧いてくる嬉しい気持ちに頬（ほお）を緩めていると、克己は不審げに顔を歪（ゆが）

める。

「……福本、顔がおかしい。なぜ笑っている？」

「いえ！　笑ってなんか」

嘘(うそ)だ。自分の家のお豆腐を克己が認めてくれて、本当はすごく、すごーく嬉しいっ。

しかし、それを言うと、なんとなく話がこじれそうなので、福子は緩んだ頬をぺしぺし叩(たた)いて、元に戻した。

「わ、私も見回りをしてきますっ」

福子は克己の追及から逃れるため『七星神社』に入ろうとする。しかし、克己に引き止められた。

「……な、なんでしょうか？」

「お前、ここが地元なんだろ？　今日は朝から見回りをしているようだし、デパートに戻らず直帰しろ。松本さんには、俺から言っておく」

「えっ、いいんですか！」

「いい、いい。明日は明日で忙しくなるんだ。休んでおけ」

「あ、ありがとうございます！」

できる先輩は、やることなすことカッコいい。

福子はしばらく、その後ろ姿を拝む。歩き出した。

「あー、ようやくたどり着いたぁ！」

ここに来ると、ほっとする。

嬉しいことに、今日の七星神社は、以前とは見違えるほど綺麗にもなっている。みんなで、補修と掃除をした成果だ。

もう終わってしまったが、下町の有志たちは昼間、ここでバザーを開いたり、芸人さんを呼んでトークショーもしたらしい。

「……私も、見たかったなぁ」

福子は吐息をこぼす。境内には、もう誰の姿もなかった。

提灯のオレンジ色の灯りを見上げながら、福子は今日一日に想いを馳せる。ぽつりと呟いた。

「福禄寿様は、ご覧になってくださいましたか？」

――答えは、返らない。

福子は寂しげに微笑んで、狛犬のところへ行く。

福禄寿はいつもそこで下町を見守っていた。

福子もその場所に立って、自分が住んでいる町を見下ろす。もうとっぷりと、世界は闇に包まれ、灯りの一つも見えなかった。

「でも、みんな、きっと笑っている」

今日は楽しい一日だった、と。

明日はもっと楽しい一日にしてやるぞ、と。

「私は、これからどうしようかな。なにが、できるんだろうなぁ」

やり残したことはないか、福子は考える。うーんと唸りながら天を見上げて、提灯が目に入った。

『我は、『周辺周囲を明るくする灯り』を求めておる。良き物をみつくろっておくれ？』

思い出す、神様の外商員になって初めて受けたご注文を。

結局、福子は福禄寿様をご満足させる灯りを持っていくことはできなかった。けれど、

「福禄寿様、リベンジをしに参りました！」

福子は自宅から持ってきた包みを、高々とかかげた。

風呂敷をとけば露わとなる、『灯り』。

福子が仕事の合間をぬって選び抜いた逸品だった。

「ごらんください！　こちらのお品は、信楽焼の灯りになります！　見た目はとても落ち着いた和風テイストで、境内とも取り合わせが良いかと存じます。しかし、それだけでなく、こちらはLEDライトが内蔵されており、安定した灯りを、安全に使うことができる

とても……」

　無人の境内で、福子は熱心に想いを届けようとする。力の限り、精一杯、商品をお薦めしようとする。ひとしきり言い終わると、福子は脱力した。

　白いため息が、夜闇に昇っていく。

「はあ……福禄寿様、本当にすみません。私が未熟なばっかりに……福禄寿様にご満足いただける『灯り』を持っていけなくて残念です……」

　そう一人、呟いたときだった。

　ころころ、と。ころころ、と。

　笑い声が聞こえた。

　鈴を転がすように軽やかで、聞いているこちらが嬉しくなるような、笑い声。

　……そんなふうに笑う方を、福子は知っていた。

「福子」

　そして、ふいに降ってくる、優しい声。ずっと聞きたいと思っていた声。

　福子は慌てて周囲を見回す。

　声の主は、狛犬の台座に座っていた。

「ふ、福禄寿さま!!」

「久しぶりだな、福子」

おかっぱ髪に緋色の着物。

その方は以前と変わらぬ姿で、福子に笑いかける。

「あ、あ、あの！　本当に、福禄寿さまですか！　本当に？　確認したいので、ちょ、ちょっと降りてきてください！」

「なんじゃ。神である我に何をしようというのじゃ？」

「さ、触って確認したいんですっ……！」

福禄寿はおかしそうに笑って、狛犬の台座から飛び降りた。

福子はその小さな体を抱きしめる。

……あたたかい。

たしかにその存在が感じ取れて、福子は心底、安堵した。

「こら福子！　苦しいぞっ。力を緩めよ」

「だ、だってぇ！　福禄寿さま、消えちゃったんだと思って……」

福子はいつの間にか泣いていた。涙を止めることはできなかった。子供のように、声をあげて泣く。

よかった。福禄寿さまが帰ってきてくれて！　本当に、よかった!!

ぼろぼろと泣く福子の頬を、福禄寿はそっと包んだ。

「ありがとうな、福子。我がずっと求めていた、『灯り』を持ってきてくれて。本当に、ありがとう」

　泣きながら、福子は嬉しそうに笑った。

「っ……福禄寿さま！　本日お持ちした灯り、ご満足いただけたんですか!?」

「いや、そっちは微妙じゃ。もっと精進せい」

「……えー。で、でも、灯りって今」

「どちらかといえば、あっちじゃな！」

　福禄寿は境内のあちこちに灯る提灯を、指さした。

　福子は怪訝そうに、眉をひそめる。

「福禄寿さまは、あの提灯が欲しかったんですか？」

「いや？　我が求めていたのは『周辺周囲を明るくする灯り』じゃ」

　福禄寿は眩しそうに、福子を見つめる。

「我は、周辺周囲が明るくなって、人の子たちが、たくさん我のもとに来ることを望んでおった」

　気づけば、福禄寿の目にも涙が光っていた。頬を紅潮させて、福禄寿は破顔する。

「今日は、本当に、いい一日じゃった！　人の子たちが、楽しそうな顔をして我のところに、たくさんやってくる。こんな日はもう、ずっと、ずっと、来ないと思うておったというに」

ありがとう、福子、と。

蕩けるような笑顔を、福禄寿は福子に向ける。

その笑顔を見ていると、福子の胸は幸せで満たされて、涙がとめどなく溢れた。

「でも！　ほ、本当に、よかった！　福禄寿さまが、福禄寿さまが、戻ってきてくれて……」

「全部、福子のおかげじゃ」

「わ、私……ですか？」

「ああ！　あのとき我はこの姿を保つことができず、消えてしまった。じゃが、福子が頑張ったから、我は戻ってこれたのじゃ……！」

それを聞いて、福子はよかったと思った。

あのときイベントの実行を諦めなくて、最後まで頑張ってよかったと。たくさんの自分を支えてくれた人たちに心の底から感謝して、あたたかな存在を抱きしめる。

ありがとう、ありがとう、と。

感謝の言葉は止まることなく、二人は再会を喜び合う。そして、福子は己の夢を再確認するのだった。

翌日、福子が出社すると、克己と出くわした。

「福本、今日は昨日の後始末だ。あちこちから問い合わせが来ている。一段落ついたと思って、気を抜くなよ？」

厳しい先輩の言葉に、福子は笑顔で応える。

「はい！　今日も一日、頑張ります!!　ご指導ご鞭撻、よろしくお願いします！」

福本福子は、どこにでもいる普通の女である。

父、母、祖父、祖母、それに弟に囲まれて、普通に暮らしている。

けれど、普通の彼女には、夢があった。

その夢を叶えた。

だから今日も、彼女は神様のもとへと走る。

神様を笑顔にすること。人々を笑顔にすること。
この世界を明るくすること。
それが彼女の仕事であり、これから叶え続けてゆく夢だった。

あとがき

はじめまして、本葉かのこと申します。

『ほんば』と間違えられそうですが、漢字の読み方は『もとは』になります。

まずは、この本に興味をもって、お時間をとってお読みいただいた方、ありがとうございます。

この物語は、第3回富士見(ふじみ)ノベル大賞の入選作になります。その後、改稿や推敲(すいこう)、私が把握できないたくさんの工程を経て、こうして本になりました。

お世話になった担当様、支えてくれた友人たち、この物語を世に出そうと尽力してくださった多くの方々に感謝いたします。

この本は、私がはじめて出させてもらう本になります。

けれど、本は常に私のそばにありました。

本は素敵です。本があれば一人で部屋にこもっていても、想像の翼を広げて魅力的な世界を見にいくことができる。手元に置いておけば、何度でも自分の好きなタイミングで読み直せる。子供の頃から、本は私に多くのことを教え、心に寄り添い、楽しませてくれました。

この世界にはたくさんの素敵な本がありますので、同じように本屋さんに置かれることに恐縮しております。けれど同時に、私が感じている物語の力を、この本を読まれた方にも伝われば嬉しいな、とも思います。

この物語はラストシーンから生まれました。

日本橋にある百貨店のイベントに参加したときに、私が実際に目にした光景がとても明るく、楽しそうで、物語にしてみたいと思ったのです。

そのシーンを描くには、たくさんの登場人物を作り出す必要がありました。

まず、主人公の福本福子ちゃん、お客様となる神様、福子の家族、福子が入社した八百万百貨店で働く人々、下町の人々、神職の人々、その他、一度しか出てこない人も含めれば、何十人になることやら。

本作にはたくさんの登場人物がでてきますが、どの子も自由に、のびのびと物語の中で生きてくれたように思います。

特に、第三話は朱色の弁天様と黒守克己が、主人公よりも目立っています。はじめの構想では、もっとこじんまりした話だったんですけどね。書いてみたらお二人が暴走をはじめ……福子よ、よく最後まで食らいついていった、と主人公を褒めています。

彼らのように目立ちませんが、寿花枝（ことぶきはなえ）さんもこの物語には欠かせないです。

私は彼女が気に入って、危うくこの本のタイトルが『やおよろず百貨店は寿（ことほ）ぐ！』になりかけた程です。そうなったら主人公が入れ替わってしまうと、福子の立場を考え、『やおろず百貨店の祝福 神さまが求めた〝灯（あか）り〟の謎』になりました。

このタイトルになって良かったです。

さて、最後になりますが、本作は憧（あこが）れの百貨店に入社した女性が、仕事を頑張ることで神様や、たくさんの人間を笑顔にしていく物語です。

明るく楽しいもの、素敵なものを詰めこんで、広々とした世界を描きました。

作中のように、お読みいただいた方も明るい気持ち、楽しい気持ちになったらいいなと、心より願っております。

二〇二一年 四月　　本葉 かのこ

お便りはこちらまで

〒一〇二―八一七七
富士見L文庫編集部　気付
本葉かのこ（様）宛
山崎　零（様）宛

富士見L文庫

やおよろず百貨店の祝福
神さまが求めた“灯り”の謎

本葉かのこ

2021年6月15日　初版発行

発行者　青柳昌行
発　行　株式会社KADOKAWA
〒102-8177　東京都千代田区富士見2-13-3
電話　0570-002-301（ナビダイヤル）

印刷所　株式会社暁印刷
製本所　株式会社ビルディング・ブックセンター
装丁者　西村弘美

定価はカバーに表示してあります。　◇◇◇

●お問い合わせ
https://www.kadokawa.co.jp/（「お問い合わせ」へお進みください）
※内容によっては、お答えできない場合があります。
※サポートは日本国内のみとさせていただきます。
※Japanese text only

ISBN 978-4-04-074124-6 C0193

わたしの幸せな結婚

著／顎木あくみ　イラスト／月岡月穂

この嫁入りは黄泉への誘いか、
奇跡の幸運か——

美世は幼い頃に母を亡くし、継母と義母妹に虐げられて育った。十九になったある日、父に嫁入りを命じられる。相手は冷酷無慈悲と噂の若き軍人、清霞。美世にとって、幸せになれるはずもない縁談だったが……？

【シリーズ既刊】1〜4巻

富士見L文庫